꼴값.

꼴값

첫판 1쇄 펴낸날 2018년 2월 22일
7쇄 펴낸날 2022년 9월 30일

지은이 정연철
발행인 김혜경 **편집인** 김수진
주니어 본부장 박창희
편집 길유진 진원지 강정윤
디자인 전윤정 김혜은 **마케팅** 최창호
경영지원국 안정숙
회계 임옥희 양여진 김주연

펴낸곳 (주)도서출판 푸른숲
출판등록 2003년 12월 17일 제2003-000032호
주소 경기도 파주시 심학산로 10, 우편번호 10881
전화 031) 955-9010 **팩스** 031) 955-9009
홈페이지 www.prunsoop.co.kr **이메일** psoopjr@prunsoop.co.kr

ⓒ 정연철, 2018
ISBN 979-11-5675-160-1 44810
978-89-7184-419-9 (세트)

꼴값

정연철 장편소설

푸른숲주니어

차
례

그깟 일?

"삐졌냐? 아주 꼴값을 떠세요!"

고미가 터진 입으로 거침없이 지껄였다.

아, 저 쭉 내민 혀에 청양 고추로 빻은 고춧가루나 겨자를 듬뿍 바르고 싶다. 저 씰룩대는 엉덩이에 강력한 똥침을 한 방 먹이고 싶다. 저 줄줄 흘러내리는 군살들을 다 쥐어뜯고 싶다. 그래도 분이 안 풀릴 것 같다. 고미가 아니었다면 내가 이 모양 이 꼴로 처참하게 구겨졌을 리 만무하다.

"그깟 일로 남자 새끼가 삐지냐? 쪼잔하게."

고미는 한껏 이기죽대며 성질을 긁어 댔다. 그깟 일? 그건 내 삶을 좌지우지할 만큼 어마어마한 사건이었다.

"됐으니까 닥치고 꺼져! 이 비만 고릴라야!"

조용하다. 평소라면 이 정도 대구에도 초주검 신세겠지만.

험상궂게 돌변한 고미가 한참 입가를 씰룩대더니 이를 악문 채 또박또박 발음했다.

"엄, 마, 가, 밥, 먹, 으, 래."

이런 상황에 밥이 목구멍으로 넘어가겠는가. 하기야 고미는 지구가 멸망하는 순간에도 밥통부터 챙길 위인이긴 하다.

"안 먹으면 내가 다 먹는다."

'오냐, 다 처드시고 살이나 뒤룩뒤룩 찌세요. 이 고도 비만 고릴라야.'

난 목구멍까지 넘어온 말을 꿀꺽 삼켜 버렸다. 숨이 막힐 듯 답답하다. 헐크로 변신할 것 같다. 이 순간 저 막돼먹은 꼴을 안 보는 것만이 유일한 위안이다.

"쫄쫄 굶어 봐라. 언제까지 버티나 두고 보자."

고미가 쿵쿵 밥 냄새를 맡으면서 쿵쿵 뛰어갔다.

"문 닫아!"

소리를 퍽 질렀는데 어느새 사라지고 없다. 아, 고미와 한 핏줄이라는, 하늘이 두 쪽이 나도 변하지 않는 사실에 짜증이 왈칵 솟구친다. 제발 대한민국 인구 밀도 높이지 말고 이민이라도 가면 소원이 없겠다.

고미. '고릴라'의 '고' 자에 누나의 본명인 '현미'의 '미' 자를 결합시킨 내 맘대로 축약어. 나보다 두 살 많은 친누나지만 남보다 못할 때가 더 많은, 한마디로 견원지간.

이래저래 인생의 걸림돌인 고미가 날 빡 돌게 만든 사건이 있었다. 고미는 나한테 신용 불량자로 낙인찍혀 마땅하다. 굴욕을 감수하면서까지 비밀을 지켜 달라고 간곡히 부탁했건만. 고미는 고의가 아니었다고 극구 주장했지만 그건 고미 사정일 뿐.

장밋빛 인생

어제, 토요일 아침이었다. 창문을 활짝 열자 아침 햇살이 얼굴에 쏟아졌다. 밤새 소낙비라도 내렸는지 대기는 기분 좋게 촉촉했고 나뭇잎마다 별이 내려앉은 듯 반짝였다.

"오늘 늦을지 몰라."

고미가 행복에 겨운 듯한 목소리로 지저귀었다. 저런 과장된 표정과 몸짓과 말투라면 이유는 두 가지. 식탐할 건수나 소개팅 건수가 생긴 거다. 이번엔 후자.

"허파에 바람이 들었구나."

엄마의 핀잔에도 고미는 어깨를 으쓱할 뿐이었다.

"제발 그놈의 살 좀 빼자. 엄마가 숨이 다 가빠."

"염려 붙들어 매셔. 나도 다 생각이 있으니까."

개뿔. 내가 아는 고미는 살에 관한 한 생각하는 걸 포기했다. 늘 먹는 것에서 삶의 의미와 행복을 찾는 고미가 아닌가.

"생각 있다는 애가 그러고 사니?"

"카르페 디엠! 몰라? 현재를 즐기라잖아."

고미 입에서 저런 고급스러운 말이 나오다니 놀랄 노 자였다.

"엄마의 전지전능하신 하나님 아버지는 그런 피가 되고 살이 되는 말씀 안 해 주시나? 하나님 아버지도 좀 변해야 돼. 너무 꼰대스러워. 맨날 거룩한 말씀이 어쩌고저쩌고, 일용할 양식이 어쩌고저쩌고, 권능과 영광이 어쩌고저쩌고……. 그런 말 딱 지겨워. 맨날 방콕하다가 시장 가고 밥하고 빨래하고 청소하고 주일 되면 교회 가고 그렇게 답답하게 살지 말고 엄마도 인생을 즐겨. 능력 있으면 몰래 애인도 만들고. 비밀 보장해 줄게. 엄마 다니는 교회에 괜찮은 사람 없어?"

"이놈의 기집애, 못하는 말이 없어. 그리고 그게 현재를 즐기는 거야? 죽이는 거지."

엄마는 한심하다는 표정으로 설거지하고 손에 묻은 물을 고미 얼굴에 뿌렸다.

"유 온리 리브 원스, 욜로!"

저건 또 뭔 개소리? 고미가 양팔을 벌려 발레 동작을 취했다. 그대로 고꾸라지지 않는 게 불가사의할 정도였다.

"파이링!"

난 양 주먹을 도르르 말아 쥐고 응원했다. 고미한테 걸린 놈이야 재수에 옴 붙은 거지만 우선은 내가 살고 봐야 했다. 성난 고릴라보단 아무래도 솜사탕이 나으니까. 수시로 돋는 닭살 정도야 충분히 감수할 수 있다.

고미가 나한테 다가오더니 진하게 포옹하고 내 머리칼을 쓱 싹쓱싹 비볐다. 숨통이 막히고 두개골이 흔들리는 기분이었다. 난 이를 악물며 인내의 미덕을 곱씹었다.

고미가 빠져나가자 집 안이 텅 빈 것 같았다. 허한 마음을 달래려고 냉장고를 뒤졌다. 냉동실 구석에 고미가 숨겨 놓은 다크 초콜릿이 보였다. 냉큼 꺼내 먹었다. 물론 고미를 위하는 마음에서였다.

불안할 정도로 평화로운 아침, 좀 빈둥대다가 로즈 헤어숍으로 직행했다. 내 장밋빛 꿈과 인생이 넘실대는 곳.

난 초딩 때부터 독특한 헤어스타일로 유행을 선도했다. 사람들의 머리를 볼 때마다 더 어울리는 스타일로 만져 주고 싶고, 독특하고도 세련된 헤어스타일을 보면 따라 하고 싶어 미칠 지경이었다. 아무리 생각해도 내 화려한 미래를 저당 잡히고, 하기 싫은 공부를 억지로 할 필요 없다는 생각이 들었다. 케이블 방송에서 헤어 디자이너계의 영재를 찾는 프로그램을 했다면 난 벌써 세상을 깜짝 놀라게 했을 거다. 전설의 비달 사순도 나를 수제자로 삼고 싶다고 연락해 올지 모른다.

언젠가 학교 진로 활동 시간에 직업의 세계에 관한 비디오를 상영한 적이 있다. 거기 나온 무슨 전문가라는 아저씨 말에 따르면 공부도 소질이라고 했다. 뇌와 가슴에 팍팍 꽂히는 말이다. 난 그때 똑같은 상품을 찍어 내는 학교라는 공장에 신물 나 있었다. 학교 공부? 피할 수 없으면 즐기고, 즐길 수 없으면 피하는 게 맞다.

내 마음은 진작부터 콩밭에 가 있다. 그냥 끌린다. 미용실이라는 콩밭. 자신도 있다. 문제는 자신감만으로 쉽게 해결될 상황이 아니라는 거. 산 너머 산이다. 가장 가까이에 있는 것부터가 거의 에베레스트급이다. 산 입구에는 기복 씨라는 살모사가 똬리를 튼 채 고개를 바짝 치켜들고 혀를 날름대며 나를 주시하고 있다. 고도 비만 고릴라를 옆에 끼고.

지난 겨울 방학 때, 기복 씨는 내 의지와는 상관없이 해병대 캠프에 나를 강제로 참가시켰다. 수련원에 도착하자마자 교관의 무서운 호령이 떨어졌다. 훈련복을 지급받고, 내무실을 배정받고, 입소식을 한 다음, 곧바로 군기 교육과 극기 훈련에 들어갔다. 기복 씨 해병대 동기라는 원장이 직접 행차해서 내 등짝을 두드려 주며 힘을 북돋워 주었지만 짜증만 났다. 난 기복 씨를 원망하며 이를 악물고 버텼다. 이 정도도 못 버티면 기복 씨한테 완패하는 거라고 생각했다. 2일차, 야간 공동묘지 담력 훈련을 받던 나는 처녀 귀신의 급습에 나무에 머리를 세게 부딪혔고 그 자리에서 졸도하고 말았다. 결국 훈련을 중도에 포기하고 패잔병처럼 귀가했다. 불명예 퇴소였다. 하지만 그 사건 덕분에 송충이는 솔잎을 먹고 살아야 한다는 옛 조상들의 가르침을 가슴에 아로새길 수 있었다.

그즈음, 여자 사람 친구 장미한테 툭 터놓고 내 꿈을 고백했다.

"너희 엄마가 미용사라서 꺼낸 말, 절대로 아니니까 부담 갖지 마."

장미는 주저 없이 일침을 놓았다.

"꿈 깨!"

실망스러웠다. 나는 입을 꾹 다물고 시선을 딴 데로 돌렸다.

"그거 삼디 업종이야."

장미가 뒤늦게 수습에 나섰지만 나는 쌩하니 발길을 돌렸다.

장장 일주일 동안 장미한테 문자 한 통 안 했다. 그러자 절대 먼저 연락하는 법이 없던 장미한테서 문자가 왔다. 집 앞이니까 무조건 나오라고 했다. 안 그래도 내가 밴댕이 소갈딱지라서 그랬다고 사과할까 말까 망설이던 중이었다. 기뻤지만 심드렁한 표정으로 대문을 열었다.

"왜?"

"갈 데가 있어."

장미는 어디를 간다는 말도 없이 성큼성큼 앞장섰다.

이윽고 장미가 걸음을 멈춘 곳은 장미 이름을 딴 로즈 헤어숍. 그 문턱을 넘는 순간 내 몸은 흥분의 도가니였다.

"인사해. 엄마, 창대. 내 불알친구 알지?"

"하고많은 말 중에 불알친구가 뭐니?"

내 말이 그 말이다. 나중에 장미가 대중목욕탕에도 같이 가자고 하는 건 아닌지 불길한 예감이 엄습해 왔다.

"유치원 때 보고 처음이지? 장미 친구 해 주느라 네가 고생이 많다."

장미 엄마가 먼저 인사하는 바람에 타이밍을 놓친 나는 어색하게 고개만 꾸벅했다.

"꿈이 헤어 디자이너라고?"

나는 장미 엄마의 질문에 심장이 두근거렸고, 맥박이 빨라졌고, 피가 끓었다.

장미 엄마는 내가 가위 다루는 솜씨를 보고 천부적인 재능과 감각이 있다고 칭찬을 아끼지 않았다. 고래도 칭찬하면 춤을 춘다는 삼척동자도 다 아는 사실을 우리 집 사람들은 왜 모를까? 난 칭찬하면 춤뿐 아니라 더한 재주도 부릴 수 있는데.

그날 나는 로즈 헤어숍 미용 보조로 특채되었다. 주로 청소를 하고 가끔 손님들 머리를 감겼다. 원장님 옆에서 잔심부름을 하면서 곁눈질로 기초적인 기술을 배우기도 했다. 그러다가 학원을 빼먹은 것도 수차례. 나는 두통, 복통, 몸살, 친구의 입원, 수행 평가 준비, 담임과의 상담 등을 핑계로 엄마가 쳐 놓은 듬성 듬성한 그물망을 미꾸라지처럼 빠져나갔다.

내가 미용실에서 알바를 하는 건 극비다. 켕기는 건 없다. 학원비를 꿍쳐 두었다가 유흥비에 쓰는 것도 아니고, 엄연히 미래를 위한 투자니까. 장차 세계 미용계에 신선한 바람을 몰고 올 전도유망한 몸, 조창대. 결코 헛된 망상이 아니라는 걸 증명해 주겠다.

로즈 헤어숍 앞 작은 화단에는 장미꽃이 만발했다. 그윽한 향기를 맡으면서 문을 열자 장미 엄마, 아니 원장님이 기다렸다는 듯이 말했다.

"마침 잘 왔네. 손님 샴푸 좀 해 드려."

"옛썰!"

난 가방을 소파에 던져 놓고 육중한 몸매의 손님을 향해 허리를 굽혔다.

"물 온도 괜찮으세요?"

거구는 코대답도 하지 않았다. 쌩, 찬바람이 불었다. 꼭 이런 부류의 인간들이 있다니까. 난 억지웃음을 지으며 부러 더욱 공손하게 굴었다. 근데 옆모습이 어디서 많이 본 듯한…….

맙소사.

“너!”

내가 주춤하는 사이, 거구가 눈을 부릅뜨고 미간을 찌푸린 채 소리쳤다.

운명의 장난인가. 나는 손등으로 눈을 비비고 다시 확인했다. 머리를 커트했지만 낯익은 이목구비, 부담스러운 몸매. 분명 고미였다.

“여, 여긴 어쩐 일이야?”

“그러는 넌?”

고미가 눈을 부릅뜬 채 서서히 몸을 일으켰다. 하지만 두꺼운 뱃살 때문인지 도로 누워 버렸다. 샴푸 의자가 들썩거렸다.

소개팅하러 나간 지는 겨우 두 시간 남짓. 가자마자 퇴짜라도 맞았나. 그리고 끓어오르는 분노를 견디지 못해 머리를 싹둑! 고미같이 쥐뿔도 없으면서 콧대만 높은 여자가, 왜 번화가도 대로변도 아닌 골목길 영세 미용실에 숨어들어 왔는지 수긍이 갔다.

“누구?”

그때 원장님이 끼어들었다.

“창대 누나? 어쩐지 낯이 익다 했어! 우리 장미랑 합기도장 다닐 때 찍은 사진 있는데……. 근데 못 알아보겠다, 얘.”

“너, 여기서 뭐 하는 거냐고!”

고미는 원장님 말을 무시하고 걸걸한 목소리로 따져 물었다.

“아빠 알면 너…….”

집안이 불바다가 되겠지. 하지만 고미만 입을 닫고 있으면 해결될 일. 난 한시바삐 고미를 구워삶을 묘안을 짜내야 했다.

내 머리는 고미의 약점을 재빠르게 수집했고 손익 계산까지 따졌다. 고미가 비만과의 전쟁에서 패배해 피자나 치킨을 시켜 먹기 위해 나한테 꿔 간 돈이 무려 오만여 원. 또 지난 여름 방학 때 조별 과제 핑계로 친구들이랑 1박 2일 부산에 놀러 간 거. 거기엔 남자애들도 있었다. 그걸 폭로하면 고미는 외출 금지 내지는 용돈 대폭 인하 선에서 끝나겠지만, 난 고미 손에 최소한…… 사망? 참패로 끝날 공산이 컸다.

"내 일에 신경 꺼!"

난 에라, 모르겠다 미용실을 뛰쳐나갔다. 마음이 안 놓였다. 다시 뛰어가 미용실 문을 활짝 열어젖혔다.

"고자질하기만 해 봐. 나도 가만히 안 있어!"

나는 버럭 소리를 지르고 문을 닫았다.

"야, 거기 안 서!"

고미의 우렁찬 목소리가 골목을 쩌렁쩌렁 울렸다. 저대로 천기를 누설하게 방치할 수는 없는데. 그걸 알면서도 난 계속 도망치고 있었다. 미용실 쪽으로 향하던 장미가 나를 불렀지만 뒤도 돌아보지 않고 뛰었다. 어디 숨어서 분을 삭이고 대책을 강구해야 했다.

무거워진 머리로 걱정만 한 보따리 짊어지고 집으로 돌아왔다. 고미는 여전히 저기압 상태였다.

"헤어스타일 나름 잘 어울리네."

난 마음에도 없는 소리를 내뱉었다. 고미는 아무런 반응도 없었다.

몸을 바짝 움츠리고 슬며시 내 방으로 들어가 문을 잠그려는 찰나, 거대한 힘에 문짝이 활짝 열리면서 벽을 쿵 박았다.

"왜 남의 방에 함부로 들어와?"

"흥, 얻다 대고 큰소리? 적반하장도 유분수지."

헐, 주제에 웬 문자? 근데 꽤 괜찮은 말이다. 한자 성어 속에 '화장'도 있고 '분'도 있고.

"왜 나한테 화풀이야, 씨!"

앗, 실수였다. 피할 겨를도 없이 고미가 내 어깨를 퍽 때렸다. 충격이 상당했다. 고미는 하나밖에 없는 남동생을, 그리고 삼대 독자인 나를 샌드백 취급했다.

"왜 때려, 뚱땡아! 내가 한강이냐? 왜 툭하면 종로에서 뺨 맞고 나한테 와서 화풀인데! 정 남친이 궁하면 송준기 그 지질이 오징어나 다시 잡든지."

왜 이러지? 자꾸 마음에 있던 말만 나왔다. 고미의 초등학교 동창, 송준기. 외모는 탤런트 송중기 발톱 밑 때만큼도 안 된다. 둘은 몸매와 생김새는 물론 가치관까지 너무 흡사해서 사시사철 붙어 다녔다. 한 쌍의 바퀴벌레처럼. 그런데 고미가 실업고로 진학하고 준기 형이 인문고로 진학하면서 만나는 횟수가 점점 뜸해졌고 급기야 지난달, 준기 형이 일방적으로 통보를 한 모양이다. 그냥 친구로 남는 게 좋겠다고.

고미는 즉각 공격 태세를 취했다.

"아니, 근데 이 자식이 아주 그냥 염장을 질러라, 질러! 네가 봤어? 내가 그 새끼한테 차이는 거 봤냐고! 봤냐고! 봤냐고!"

고미가 볼과 턱살을 철렁대며 다가왔다. 나는 뒤로 주춤 물러나다가 벽에 등을 기댔다. 압사당할 것 같았다.

"내가 언제 차였다고 했냐? 왜 오바하고 그래, 의심 되게."

내 입에서 위험천만한 말이 튀어나오기가 무섭게 몸이 붕 떴다가 내동댕이쳐졌다. 고미가 나를 침대에 메다꽂은 거였다. 난 악에 받쳐 소리를 질렀다.

"야, 이 식신아! 네 배둘레햄 보고 정신 좀 차려라. 그 몸으로 백날 소개팅 자리 나가 봐. 어유! 진짜 쪽 팔린다 쪽 팔려. 어디가서 내 누나라고 하기만 해 봐."

정신이 회까닥한 모양이었다. 기왕 뱉은 말. 날 잡아 잡수.

"이런 쥐새끼 같은 놈."

고미가 서서히 고릴라로 변신을 하고 있었다. 쩍 벌린 입안에 툭 튀어나온 송곳니가 날카롭게 빛났다. 한입에 잡아먹힐 것 같았다.

"싹싹 빌어도 모자랄 판에. 너, 비밀 다 불어 버린다!"

"빌려 간 돈이나 내놓고 말씀하시지. 이 성격 파탄자, 릴라 릴라 고릴라야."

입이 제어가 안 됐다. 쥐도 궁지에 몰리면 고양이를 무는 법.

"좋아, 누가 이기는지 해보자. 하라는 공부 안 하고 학원까지 땡땡이치면서 미용실 다닌다는 사실 알면 아빠가 가만히 있겠다. 너, 저번에 미용 학원 등록했다가 들켜서 엄청 깨졌지, 아마. 외출에 용돈 금지까지. 이번에 또 걸리면 그날이 네 제삿날."

"사돈 남 말 하고 있네, 분식점 여고생 2가."

고미 얼굴에 경련이 일었다.

한때 고미가 연예인이 되겠다고 미쳐 날뛰었던 적이 있다. 중학생 때 아이돌 그룹 사생팬으로 활동하면서였다. 그룹 해체와 동시에 일선에서 물러나 바람이 잠잠해지나 싶더니 다시 불었다. 그것도 거세게. 틈만 나면 배우가 되겠다고 노래를 부르더니 드라마 엑스트라 출연에 목숨을 걸었다. 실제로 분식점에서 게 걸스럽게 먹는 여고생 2로 출연하기도 했다. 그러다가 기복 씨한테 발각돼 다리몽둥이가 부러졌지. 도망치다가 문턱에 걸려 고꾸라지는 바람에.

그날 이후, 권력에 굴복한 고미는 진짜 고분고분 말 잘 듣는 착한 딸 연기를 하고 있었다.

"네 목숨이 내 입에 달려 있다는 것만은 잊지 말아 다오, 이 싹 퉁 바가지 동생 놈아."

그때, 현관문이 삐거덕 열리면서 기복 씨가 들어왔다. 난 고미를 향해 얼굴을 일그러뜨리며 제발 좀, 그 입 좀 닫으라고 눈짓과 고갯짓을 했다. 근데 눈치가 개미 똥구멍만큼도 없는 고미는 계속해서 따발총을 쏘아 댔다.

"내가 모를 줄 알았지? 용돈 받은 걸로 가위 사고 빗 사고 거울 사고 화장품……."

나는 달려가 손바닥으로 고미의 입을 막았다. 늦었다.

"방금 뭐라고 했어!"

기복 씨였다. 미련 곰탱이 고미가 나보다 더 놀란 기색이었다.

기복 씨는 학생 인권이 개 밥그릇을 탐하는 파리보다 못한 시절, 교칙이 엄하기로 소문난 학교의 학생부장보다 더 깐깐하고 악랄하고 지독하다. 평소에는 숨기고 있던 성격이 수틀리면 제대로 나온다. 가끔 야구 방망이를 들고 휘두르기 직전까지 간다. 야구 방망이 맛을 본 적은? 아직 없다.

그동안의 일을 고미한테 대충 보고받은 기복 씨는 내 방을 압수 수색하기 시작했다. 기복 씨는 자물통으로 채워져 있는 서랍을 무식하게 힘으로 열어젖히곤 방바닥에 탈탈 털었다. 각종 화장품과 액세서리, 미용 도구들이 쏟아져 나왔다.

"기집애도 아니고 사내새끼가 이게 무슨 짓이야! 집안 망신을 시켜도 유분수지."

기복 씨는 노발대발하며 책상 위에 있던 내 가방을 내동댕이

쳤다. 가방에서 미용사 자격시험 문제집이 떨어졌다. 기복 씨는 문제집을 갈기갈기 찢어발겼다. 내 꿈도 덩달아 산산조각이 나는 기분이었다.

시간이 얼마나 흘렀을까. 집 안이 쥐 죽은 듯 조용했다. 거실에도 주방에도 아무도 없었다. 갈증이 나서 미칠 것 같았다. 문득 주방 찬장에 남아 있던 제삿술이 눈에 들어왔다. 내 손은 나도 모르게 그 술을 꺼내 들었다.

그길로 곧장 집을 빠져나와 공원 아지트로 향했다. 정자 아래, 가로등 불빛도 닿지 않는 저녁 어스름 속에서 술병의 뚜껑을 열었다. 잠시 망설인 끝에 한 모금 쭉 들이켰다. 캬! 몸속 깊은 곳에서 뜨거운 증기가 칙칙 솟더니 이내 가쁜 숨이 가라앉고 몸이 따끈해졌다. 시금털털한 게 입맛에도 나쁘지 않았다. 어른들이 왜 술을 마시는지 이유를 알 것도 같다.

장미한테 문자를 찍었다.

죽고 싶다. ㅠㅠ 헬프 미!

죽느냐 사느냐의 문제

어디?

거기.

암담하다. 한숨이 나온다. 눈시울이 뜨거워진다.

아, 슬프다. 불행하다. 저주에 걸린 기분이다.

기복 씨가 계획해 둔 내 미래는 사관생도. 첫째, 남자답다. 둘째, 요즘같이 경기가 불황일 때 안정된 직업까지 보장된다. 셋째, 나중에 별이라도 달면 명예와 권력도 움켜쥘 수 있다. 마지막으로, 집안을 살리는 길이다. 이것이 기복 씨가 그놈의 사관생도에 목매는 이유다.

그런데 육사, 해사, 공사. 수재들만 간다는 그곳이 나한테 가당키나 한가 말이다. 인문고 진학 여부도 운명에 맡겨야 하는 판에. 혹시 사관 학교 못 가서 죽은 조상이 있다 하더라도 나한테 그런 책임을 떠넘기는 건 가혹하다. 아니, 내 입장에서는 형벌이나 다름없다.

기복 씨는 한번 해병은 영원한 해병, 귀신까지 잡는 해병대 출신이다. 그래서 말끝마다 무적이니 최강이니 하며 안 되면 될 때까지 하라고 윽박지른다. 내가 자신의 혈통을 물려받아서 중도 포기란 있을 수 없다고 못 박는다. 전후좌우가 꽉꽉 막혀 있는 사람. 내 의견 같은 건 당연히 묵살당한다. 거실에 위풍당당 걸려 있는 가훈을 당장 깨부수고 싶다. 안 되면 되게 하라? 그건 미련한 짓이다. 안 되는 건 일찌감치 포기하고 되는 걸 열심히 하는 게 현명한 거다. 다시 말하지만 기복 씨가 구상해 놓은 나, 조창대의 인생 설계도는 나하고 무관하다. 그래서 난 원천적으로 무효라고 주장하는 바이다. 쾅! 쾅! 쾅!

하루하루가 우울하다. 그나마 기복 씨가 내 헤어스타일에 대해서는 이상할 정도로 관대한 게 다행이라면 다행이다. 가끔씩 내 머리를 보고 눈살을 찌푸리거나 혀를 차는 게 다니까. 하지만 학교에서는 문제가 달랐다.

학생 인권 조례라는 게 통과된 지 오래고, 두발 자율화는 벌써 유행 지난 선언이 되어 버렸다. 초딩 때 처음 이 소식을 들었을 때 나는 대한 독립 만세를 부르짖었다. 그런데 막상 중학교에 입학해서 뚜껑을 열어 보니 두발 자율은 개뿔! 허울 좋은 자율의 주체는 학생이 아니라 학교였다. 예전보다 단속이 느슨해진 건 사실이지만 시대의 흐름을 역행하는 건 마찬가지. 파마나 염색, 그리고 액세서리 착용은 무조건 금지에다, 머리 길이도 고무줄 단속이라 학생 인권 조례가 다 무슨 소용인가 싶었다.

학교에서는 학년 초마다 학부모들을 초청해서 용의 단정이 명문 사학으로 가는 지름길이라고 핏대를 세워 말하고는 했다. 말끝마다 '학생답게'를 강조하면서……. 학부모들도 학생다우면 명문고 명문대 입학은 정해진 수순이요 나머지 인생까지 탄탄대로인 것으로, 반대로 학생답지 못하면 낙오자라도 되는 것으로 대단한 오해를 했다. 학교 측의 사기 행각은 손쉽게 성공했고 나 같은 희생자는 속출했다.

갑자기 내 인생의 또 다른 걸림돌, 개복 씨가 떠오른다. 아, 뚜껑 열린다. 머리에서 김이 새어 나온다. 생각을 말자, 생각을 마. 나는 머릿속에 떠오르는 개복 씨의 영상에 모기약을 칙칙, 뿌렸다. 아무리 개복 씨가 방해 공작을 펴도 난 파마와 염색을 포기할 수 없다. 인생은 오색찬란하다. 까만 직모로 태어났지만 각양각색으로 바꿀 수 있는 인생이 난 참 좋다. 아, 파마와 염색이 허용되는 자유의 나라 행복의 나라로 이민 가고 싶다.

자유와 행복의 나라로 가기 위한 1차 관문은 미용 고등학교 진학. 조사해 본 바에 따르면 인문고는 실업고와는 달리 일과도 엄청 빡셀뿐더러 두발도 완전 자유화가 아니라서 나같이 자유로운 영혼은 감당하기 힘들 거란다. 고로 미용 고등학교 진학만이 내 영혼과 사랑스러운 머리카락을 보호하는 길이다.

그런데 고미가 은행 취업을 미끼 삼아 실업고로 진학하자 인문고에 대한 기복 씨의 집착은 도를 넘기 시작했다. 입시 학원으로는 성에 안 차는지 과외 선생님까지 붙여 주면서 나를 콩 볶듯이 볶고 쥐 잡듯이 잡아 댔으며 없는 돈 쪼개 공부시키는 거니까 한눈팔지 말라고 회유와 압박을 일삼았다.

하지만 난 기복 씨의 기대에 부응하지 못했다. 시험마다 5분만에 마킹을 끝내고 나머지 시간은 잠으로 때웠다. 미용 고등학교만 갈 수 있다면 코피 터지도록 열심히 해서 장학금도 받고 효도할 수 있을 것 같은데. 그 생각에 울화통이 치밀었다.

불안한 나날이 이어지다가 사달이 난 건, 3학년 1학기 중간고사 성적이 나온 날. 뭐에 씌었는지 담임이 내준 성적표를 그 자리에서 찢어 버리지 않고 집에 들고 갔다가 기복 씨한테 발각된 것이다. 그 바람에 집안이 발칵 뒤집혔고, 덕분에 어처구니없는 성적을 확인한 기복 씨의 고집은 한풀 꺾였다. 그래서 개편된 기복 씨의 조창대 청사진은 인문고 진학, 4년제 대학 입학, ROTC 지원, 장교 입대……. 갑갑하다. 정신적으로 몹시 피곤했던 난 건성으로 알았다고 대답했다.

머릿속에 지난날이 파노라마처럼 펼쳐지고 있을 때, 장미가 건들건들 다가왔다. 다른 건 몰라도 성격과 의리 하나는 끝내준다. 근데 애석하게도 이름과 외모가 부조화. 말투나 행동이 사내 녀석 못지않아서 나는 가끔 장미를 장군이라고 놀린다.

아닌 게 아니라 장미는 엄마가 극구 반대하는데도 기를 쓰고 여군이 되려고 한다. 영수 학원을 다니는 틈틈이 운동까지 열심히 해 현재 태권도, 합기도, 유도 단증까지 보유하고 있다. 정말이지 장미가 우리 집에서 태어났어야 했고, 내가 로즈 헤어숍 원장님의 후계자로 태어났어야 했다.

"아무리 봐도 여긴 천혜의 요새란 말이야."

장미 말대로 느티나무와 담벼락과 조형물이 교묘하게 정자를 가려 주고 있었다.

"불량 청소년 놀이하냐? 어쭈, 술 냄새까지?"

장미는 내 코앞에서 냄새를 킁킁 맡으며 말했다. 평소 같으면 청소년 보호법 어쩌고저쩌고하면서 어디서 술을 팔더냐고 취조했을 텐데, 웬일로 더 이상의 잔소리는 하지 않았다.

"머리 길이며 파마며 염색이며 다 그대로네. 개복 씨 가만히 안 있을 텐데."

"제발 좀, 선도부장 티 좀 내지 마라."

장미는 오늘 있었던 드라마 같은 이야기를 전해 듣고도 시답잖다는 듯이 너스레를 떨었다.

"아무리 그래도 죽고 싶단 말이 그렇게 쉽게 나오냐, 인마! 완전 애구나, 애. 오구구구, 귀여워."

장미가 내 볼을 살짝 꼬집으며 장난스럽게 말했다.

"쉽게 말한 거 아니거든. 정말 죽느냐 사느냐의 문제거든."

"우쭈쭈, 그러셨데여? 그래서 누나가 어떻게 해 줄까? 아이스크림 사 줘?"

"닥쳐! 장난 아니란 말이야."

장미가 입술을 오므린 채 쭉 내밀었다. 이럴 때 장미는 좀 귀엽다.

"난 왜 이 모양 이 꼴일까?"

"왜 이래. 안 하던 자학까지 하시고."

"나, 지금 진지하거든."

"오오, 그러셔?"

"자꾸 열받게 하려면 미안하지만 그냥 곱게 꺼져 주라!"

그냥 한 말인데 장미는 진짜 갔다. 허탈했다.

어? 아니다. 간 게 아니라 안주로 꾸이맨을 사 가지고 왔다. 역시 의리파 장군!

바람이 살랑살랑 불어 피부에 감기는 감촉이 좋았다. 알딸딸한 게 기분도 좋았다.

"그 정돈 약과야, 인마. 오늘 이 몸도 살맛이 안 난다."

"넌 또 왜?"

장미는 한숨으로 한참 뜸을 들인 뒤 입을 열었다.

"엄마랑 한판 하고 왔다."

"원장님 속 좀 썩이지 마라, 인간아."

"헐. 너나 잘하세요."

장미도 엄마와 진로 문제로 충돌이 잦다. 하지만 장미가 워낙 똥고집이라 매번 원장님의 눈물 콧물로 싸움은 끝난다.

"글쎄 나더러 차라리 수녀가 되라는 거 있지?"

나는 꾸이맨을 씹어 먹으며 장미 말에 귀를 기울였다. 수녀 복을 입고 한쪽 다리를 달달 떨면서 껌을 질겅질겅 씹는 장미라……! 상상만으로 배꼽이 근질거렸다.

"캭캭캭! 수녀? 네가? 볼만하겠다."

"웃음이 나오냐, 지금? 네 말마따나 죽느냐 사느냐의 문제다, 제길."

그렇다. 이게 우리한텐 죽느냐 사느냐의 문제다. 어른들도 우리 같은 시절을 겪었으면서 왜 이해를 못 해 주는지 모르겠다. 인생 선배로서 어린 양들을 안전한 길로만 인도하고 싶겠지. 하지만 그건 인기 많은 인생 상품에 지나지 않는다. 차이고 깨지고 엎어지고 자빠지고 곤두박질치고, 그렇게 굴곡 많은 것이 진짜 인생이라고 본다, 난. 나중에 후회하는 건 그다음 문제인 거다.

"언니도 놀랐겠다. 맘은 되게 여린데."

낮잠 자던 소가 웃겠다. '여리다'의 의미를 제대로 모르거나 반어법이거나.

"고릴라 이야기 꺼내지도 마. 재수 없어! 누나만 아니면 아우, 진짜."

"언니한테 넌 게임도 안 될걸! 언니 합기도 실력 장난 아니잖아. 잘못 덤볐다간 어디 한 군데 부러질걸?"

몇 년 전, 장미와 고미는 같은 합기도장에 다녔다. 도장에서는 이 둘을 두고 공포의 미미 자매라고 불렀다. 하지만 장미는 지금 고미가 몸무게가 불어 다리도 잘 안 올라간다는 사실은 모르는 모양이다.

"너, 지금 누구 편이냐? 위로 좀 해 달라고 불렀더니."

"누나가 뭐 사 줄까? 아이스크림 싫으면 솜사탕?"

"됐다! 말을 말자."

"알았어, 알았어. 그래서 어떡할 건데?"

"나도 깡이 있다 이거야. 이판사판이지, 뭐."

"오올! 새대가리, 센데!"

새대가리는 담임이 지어 준 기분 나쁜 별명이다. 헤어스타일로 애를 먹이니까 내 성씨를 '새 조' 자로 보고 새대가리라고 부른다. 그 생각에 열이 뻗쳐오르는 순간, 장미가 팔로 내 목을 조르며 마구 흔들었다.

"하지 마! 하지 말라고!"

마구 고함을 지르는데 어느새 머릿속을 장악했던 걱정거리가 사라지고, 가슴에 떡 놓여 있던 돌덩어리가 분해되는 느낌이 들었다. 내가 장미를 최측근에 두는 이유다.

"참, 장군! 너, 관중이 어떻게 생각해?"

나는 화제를 바꿨다. 관중이는 요즘 장미한테 완전히 꽂혔다. 한 달 전, 나는 생일 턱이라고 두 녀석을 데리고 액션 영화를 보러 갔다. 추측건대 관중이는 그때 장미의 박력과 야성미에 마음을 뺏긴 게 확실하다. 내 코가 맡을 수 없는 장미의 향기를 맡은 건지도 모르지. 그 향기에 중독되었는지 자기 얘기 좀 잘해 달라고 야단이다. 귀찮아 돌아가시겠다. 지금은 관중이 혼자 삽질하고 있는데 그 애정 공세가 심상치 않다. 굼벵이도 구르는 재주가 있다더니 매일 장미를 생각하며 색종이로 장미를 접고 있다. 아마 천 송이쯤 접어서 빼빼로데이나 크리스마스나 밸런타인데이에 선물하려는 속셈일 거다.

"서관중?"

나는 관중이가 얼마나 씻기 싫어하는 인간인지 굳이 말하지 않겠다.

"있잖아. 관중이가 장군 너……"

"됐어. 아, 나른해. 집에 가서 발 닦고 잠이나 자야겠다."

장미가 손을 탈탈 털며 일어났다. 얘가 도무지 틈을 안 주네.

"아, 다시 꿀꿀해지려고 해."

"처음 있는 일도 아닌데 뭘 그러냐? 얼른 들어가. 진짜 쫓겨나기 전에."

"쫓겨나긴 내가 왜 쫓겨나냐? 내가 독한 맘 먹고 가출이라도 하면 울며불며 제발 돌아와 달라고 통곡할걸?"

장미가 씁쓸하게 웃으면서 손을 흔들었다. 어느새 술기운이 온몸으로 퍼져 나갔다. 해 질 녘, 하늘엔 까치놀이 떴다. 뭔가 뒤죽박죽인 내 맘도 울긋불긋 물든 것 같았다.

지질한 반항

축축 늘어지는 몸을 이끌고 집에 들어가니 성난 킹콩 기복 씨가 상기된 얼굴로 씨근덕대고 있었다. 후폭풍이 일어날 조짐이 컸다. 난 방문을 슬쩍 열어젖혔다. 방은 폭탄을 맞은 듯 난장판이 되어 있었다. 서랍이란 서랍은 발랑 뒤집혀 창자가 다 튀어나온 상태였다. 엄마는 발 디딜 틈이 없는 아수라장에서 청소를 하고 있었다. 아, 흩어지고 깨진 미용 도구들과 액세서리와 화장품들……. 그리고 띠용! 내가 목숨처럼 애지중지하던 보물 1호, 드로잉북이 갈기갈기 찢긴 상태. 머릿속이 초토화되는 기분이었다. 가장 가까운 가족한테 칭찬이나 격려는 고사하고 인정조차 받지 못하는 박복한 내 팔자.

난 비척걸음으로 침대에 걸터앉았다. 엄마가 질겁하며 달려들었다.

"아이고, 주여. 이게 무슨 냄새야? 너, 술 마셨니? 내가 제명에 못 죽어."

엄마가 소리를 죽이며 내 등짝을 때리고는 방문부터 잠갔다.

"나도 살기 싫어!"

나도 모르게 소리를 빽 질렀다. 물론 뇌를 안 거치고 나온 말이었다. 기복 씨가 당장 문 열라고 고함을 질렀다. 난 겁나는 게 없었다.

"너, 이눔의 새끼! 내 집에서 당장 나가!"

또 치사하게 내 집 타령.

"여보, 내가 알아듣게 타이를게."

"당신이 오냐오냐하니까 애가 저 모양 저 꼴 아냐! 대갈빡에 피도 안 마른 새끼가. 뭐가 어쩌고 어째?"

"으으윽!"

난 미칠 것만 같아서 소리를 질렀다. 그게 기복 씨를 더욱 흥분하게 만들었다. 기복 씨는 문을 발로 차며 당장 열라고 고함을 쳤고, 난 말리는 엄마를 제치고 방문을 열어젖혔다. 순간 기복 씨가 내 방 안으로 꼬꾸라졌다. 고미가 쿡 웃는 소리가 들렸다.

기복 씨는 무지 아플 텐데도 인상 한 번 찌푸리지 않고 일어섰다. 군인 정신이 투철하다.

"열중쉬어! 차렷!"

난 볼에 바람을 한껏 넣었다가 한숨과 함께 푹푹 내뿜었다.

"이게 몇 달 신경을 안 썼더니 완전히 군기가 빠졌어!"

기복 씨가 말하는 군기의 삼대 정신은 신속, 정확, 절대 복종이다. 이 삼대 정신은 어렸을 때부터 귀에 못이 박히도록 들어왔기 때문에 뇌리에 뚜렷하게 각인되어 있다. 하지만 흐느적흐느적 내 몸이 말을 안 들었다. 천장이 뱅글뱅글 돌고 거실 소파가 툭 튀어나왔다 푹 꺼졌다. 나는 푸르르르, 입술을 떨며 한숨을 쉬었다.

"얼씨구, 술 냄새까지."

미성년자가 술을 마셨다면 마실 만하기 때문에 마신 거다. 하지만 하늘에 맹세코 정신은 말짱했고 겁이라고는 티끌만큼도 나지 않았다. 말도 막 나왔다. 술이 이렇게 마법의 묘약인 줄 알았다면 난 만날 만취 상태였을지도 모른다. 집도 학교 못지않은 곳이니까.

"싫-어, 싫-다-고. 어-쩔-건-데, 기-복-씨?"

난 부러 느릿느릿 대꾸하며 실실 웃었다.

"어쭈, 기복 씨? 아주 막 나가자는 거지? 이게 실실 쪼개기까지."

엄마는 끼어들 타이밍만 엿보고 있고, 고미는 지루한 드라마를 재방송으로 또 보는 표정이었다.

"이런 나사 빠진 놈의 새끼. 앉았다 일어섰다, 십 회 실시!"

어라? 그 순간 주술에 걸린 듯 내 입에선, "실시!"라는 말이 튀어나왔고 난 어처구니없게도 그 자리에 쪼그려 앉았다.

"복창 소리 봐라, 실시!"

"실시!"

난 기복 씨가 시키는 대로 앉았다 일어났다를 반복했다. 이 죽일 놈의 고질병. 내 머릿속엔 기복 씨 명령에 대하여 무조건 복종을 담당하는 센서가 있음이 분명했다. 난 머리카락을 쥐어뜯으며 괴성을 지르고 동작을 멈추었다.

"뭐야? 반항하는 거얏?"

누가 보면 기복 씨가 직업 군인인 줄 알겠다. 천만의 말씀, 다 쓰러져 가는 작은 가발 공장을 운영하는 사장님이다. 난 이를 악물고 다시 대들었다.

"집이 군대야? 내가 군바리냐고!"

평소에는 왈칵 치밀어도 목구멍에 걸려 나를 캑캑대게 만들었던 이 말이 불쑥 튀어나오고 말았다. 그러자 온몸을 휘감고 도는 전율. 짜릿했다. 그다음부턴 말의 봇물이 콸콸 터졌다.

"일제 강점기도 아니고, 군사 독재 정권도 아니고, 이게 뭐냐고! 나, 숨 막혀 미치고 팔짝 뛰겠다고! 우리 집은 도대체 왜 이래? 귀신 잡는 해병 좋아하시네. 그깟 거 기복 씨나 실컷 하라고오!"

난 술김에 달걀을 바위에 마구 던졌다. 그러나 바위는 눈썹만 꿈틀거릴 뿐 꿈쩍도 않고 서 있었고, 달걀은 바위에 채 닿기도 전에 박살이 났다. 기복 씨가 내 뒤통수를 딱 소리 나게 후려친 것이다.

"아이 씨! 왜 때려."

"이눔의 자식이 보자 보자 하니까. 방금 뭐라고 했어? 다시 말해 봐. 아이 씨이?"

"왜? 뭐가 잘못 됐……, 앗!"

기복 씨가 발로 정강이를 걷어차고는 재빨리 베란다로 뛰어갔다. 뭐 하러? 그렇다, 야구 방망이.

"뭐 하고 있어. 얼른 나가!"

내가 엉거주춤한 채 안절부절못하자 구원 투수 엄마가 소리를 지르며 나를 떼밀었다. 그러고는 필사적으로 기복 씨를 방어하기 시작했다.

난 달랑 휴대폰만 챙겨 뛰쳐나왔다. 신발은 양손에 들고. 술이 확 깨는 기분이었다. 남, 아니 원수보다 못한 고미 때문이다, 이 모든 게.

슬리퍼를 질질 끌고 동네를 한 바퀴 돌고, 공원을 다섯 바퀴 돌고, 인근 초등학교 운동장을 몇 바퀴 더 돌고, 철봉에 거꾸로 매달려 신세를 한탄하다가, 집으로 발걸음을 돌렸다. 유기견 한

마리가 나를 졸졸 따라왔다. 어딜 감히 친구 먹자고. 난 번지수를 한참 잘못 찾은 개를 향해 발길질을 하는 걸로도 모자라 길바닥에 떨어진 캔을 집어 던졌다. 개가 또 따라왔다. 내버려 두었다. 사실 내가 저 개의 처지와 다를 게 뭔가. 이 몸 또한 집에서 쫓겨난 개털 신세.

몸을 한껏 움츠리고 현관문을 조용히 여는 데까지는 성공적이었다. 근데 제기랄, 닫을 때 삐거덕거리는 문소리가 유리창 깨지는 소리보다 더 크게 들리는 것 같았다. 고개를 살짝 들어 거실 쪽을 빠끔 보다가 기복 씨와 눈이 마주쳤다. 엄마와 고미는 드라마에 푹 빠져 내가 들어오는 것도 모르고 있었다.

"꺼!"

기복 씨가 명령했다. 고미가 리모컨으로 텔레비전을 껐다.

기복 씨는 술을 한잔했는지 얼굴과 목덜미가 고구마처럼 벌겠다. 저러다가 고혈압으로 쓰러지면 그땐 내 맘대로 할 수 있으려나, 순간 그런 불효막심한 생각까지 들었다.

"꿇어!"

기복 씨 명령에 따랐다. 자존심, 가차 없이 버리지는 말고 잠시 접어 두자. 내 비참한 꼴을 보고 엄마가 슬며시 안방으로 들어갔다. 고미도 미꾸라지, 아니 고릴라처럼 엄마 뒤를 따랐다. 텔레비전 켜는 소리가 들렸다. 사지에 몰린 혈육을 두고 맘 편히 드라마나 보겠다는 사람들이 내 친엄마와 친누나가 맞나, 하는 생각에 씁쓸했다.

"잔말 말고 무조건 인문고 가. 4년제 못 가면, 전문대 부사관 학과라도 들어가. 백번 양보한 거야."

기복 씨의 말은 단호하고 엄격했다.

"더 이상은 기대하지 마!"

그건 내가 기복 씨한테 하고 싶은 말이었다.

기복 씨는 그 말을 끝으로 손으로 뒷목을 누르며 안방으로 들어갔다. 엄마와 고미는 거실로 쫓겨 나와 다시 텔레비전을 켰다.

난 전의를 상실했다. 왜일까? 어째 기복 씨의 피곤에 전 얼굴과 축 처진 어깨가 맘에 걸렸다. 몸집이 저렇게 작았나 싶은 생각도 들었다.

그날 밤, 도무지 잠을 이룰 수가 없었다. 한시바삐 이 난관을 타개할 방도를 강구해야 하는데 머리만 떵했다. 누가 청소년기를 질풍노도의 시기라고 했던가. 아닌 게 아니라 내 마음이 거친 물결 같고 사나운 바람 같았다.

빌어먹을, 뜬눈으로 밤을 새웠는지 창밖이 희붐하게 밝아 오고 있었다. 그때서야 내 지친 영혼은 잠을 갈구했고, 스르르 눈꺼풀이 닫혔다.

시간이 얼마나 흘렀을까. 문을 활짝 열어젖히는 소리에 잠에서 깼다.

"아주 꼴값을 떠세요! 그깟 일로 남자 새끼가 삐지냐? 쪼잔하게.”

“됐으니까 닥치고 꺼져! 이 비만 고릴라야!”

“엄, 마, 가, 밥, 먹, 으, 래.”

“……”

“안 먹으면 내가 다 먹는다.”

“……”

“쫄쫄 굶어 봐라. 언제까지 버티나 두고 보자.”

“문 닫아!”

하루 종일 방문을 잠그고 누워서 지냈다. 몰래 컵라면을 들고 와 먹은 게 다다. 머리가 지끈거렸다. 풍비박산 난 방을 둘러보았다. 욕이 절로 나왔다. 눈물도 나왔다. 그렇게 황금 주말은 허무하게 날아갔다.

불패 신화 징크스

번쩍 눈을 떴다. 느낌이 이상해 헐레벌떡 시계를 들여다보았다. 7시 30분. 방문을 박차고 주방으로 가 엄마한테 대뜸 소리를 질렀다.

"왜 안 깨웠어?"

엄마가 시큰둥하게 나를 바라보다 밥통에서 밥을 펐다.

"그러고 있을 시간에 밥 먹으면 되겠네."

엄마가 느긋한 목소리로 대답했다.

"안 먹어!"

"그러시든지."

엄만 어제 된통 깨진 아들이 가련하지도 않은 모양이다. 약간

서운해지려고 그런다.

　냉큼 화장실로 직행해 거울 앞에 섰다. 밥은 안 먹어도 머리에 힘은 먹여야 한다. 이건 일종의 신념 같은 거다. 머리카락 한 올 한 올은 모두 내 자존심이다. 이 나이쯤 되면 자존심이 밥 먹여 준다. 자존심 때문에 부모 형제하고 의절하고, 자존심 때문에 친구하고 절교한다. 자존심 때문에 선생님들하고 맞장 뜨고 자존심 때문에 자살하기도 한다. 그러니까 내 말은 자존심은 목숨과 동급이라는 거다. 난 자존심이 밥 먹여 주는 직업을 택하고 싶다. 그게 일타이피, 아니 일석이조 아니겠는가?

　안중근 의사는 하루라도 책을 읽지 않으면 입안에 가시가 돋친다고 했는데, 맘에 쏙 드는 명언이다. 하지만 사람마다 가시가 돋치는 이유는 제각각 다르다. 나 같은 경우는 헤어스타일. 하루라도 머리를 정성 들여 손질하지 않거나 스타일이 흡족하지 않으면 입안에 가시가 돋치는 건 모르겠고, 재수 없는 사건이 꼬리에 꼬리를 문다. 이상하게 잘 들어맞는…… 기분 나쁜 징크스.

　뒷머리는 어깨까지 닿아 스타일 내기에 좋을 정도로 자라 주었다. 대견한 머리카락들. 난 샴푸로 머리를 감은 뒤 모발이 젖은 상태에서 머리카락을 손으로 그러쥐어 드라이를 했다. 뜨거운 바람을 쏘이고 나서 찬바람으로 스위치를 바꿔 살짝 열을 식혔다. 그런 다음 왁스로 머리 윗부분, 뒷부분, 옆 부분, 구레나룻 부분을 공들여 섬세하게 스타일링했다. 그리고 바람이나 습기에도 흐트러지지 않게 스프레이로 마무리. 능수능란한 손놀림으로 5분 만에 작품을 완성했지만 왠지 맘에 들지 않았다.

"화장실 전세 냈냐? 안 비켜!"

고미가 두 팔로 아랫배를 끌어안으며 수선을 피웠다. 저 덩치에 안 어울리는 병, 과민성 대장 증후군 때문이다. 가지가지 한다.

나는 일부러 여유를 부리며 머리를 매만지다가 고미의 발길질에 똥개처럼 쫓겨났다. 가방을 둘러메고 화장실 문을 발로 퍽 찼다. 불까지 껐다. 화장실 안에서 괴성이 터져 나왔다. 그러거나 말거나 콧방귀를 뀌며 현관문을 밀었다.

"이거라도 마시고 가."

엄마가 화장실 불을 켜며 우유 한 잔을 내밀었다.

"됐어!"

입과 배가 마시라고 신호를 보냈지만 단호하게 거절했다. 배고픈 양을 그냥 지나치는 법이 없는 엄마는 오천 원을 손에 쥐여 주었다. 나는 보답 차원에서 우유를 마셔 주었다.

"머리 꼴이 그게 뭐니? 너 보면 답이 안 나온다. 학교에서 또 전화 올까 봐 겁부터 나."

난 못 들은 척 집을 나섰다. 휴대폰을 꺼내 보니 7시 50분. 여차하면 지각이다. 뛰자.

가까스로 교문을 통과했다, 고 생각했는데 개복 씨와 정면으로 맞닥뜨렸다. 개복 씨가 미소를 띤 채 턱짓을 했다. 처음 몇 번은 저 미소에 속은 적도 있었다. 지금은 너무 잘 안다. 미소를 가장한 음흉하고도 소름 끼치는 협박이라는 걸. 결론적으로 개복 씨는 가공할 만한 인내력의 소유자라는 걸. 지금 생각해 보면 첫 등장부터가 그랬다.

올해 개학식 마지막 순서. 생활지도부장이 강당 단상 위로 올라섰다. 이발을 할 시점을 잊은 듯, 이른바 '거지존' 단계에 들어선 덥수룩한 머리칼……. 그건 모발에 대한 예의가 아니었다. 생활지도부장은 헛기침을 몇 번 하더니 미소 띤 얼굴과 부드러운 음성으로 교칙 엄수를 강조했다. 애들은 대개 한 귀로 듣고 한 귀로 흘렸다. 강당 안엔 잡담이 난무했다. 생활지도부장은 호통을 치는 대신 저절로 조용해지기를 기다렸다. 신기하게도 이내 강당 안이 조용해졌다. 아주 민주적이고 합리적인 방법이었다.

"알다시피 두발은 자율화가 되었고, 가장 기본적인 교칙만 지켜 주면 여러분과 내가 부딪칠 일은 없어요. 여러분과 잘 지내 보고 싶어요. 사랑합니다."

생활지도부장은 두 팔을 머리 위로 올려 하트를 만들었다. 애들은 박장대소했다. 호의적인 반응이었다. 나는 안도의 한숨을 쉬었고, 너그러운 마음으로 생활지도부장에게 별명 하나를 선사했다. 생긴 게 꼭 복어 같고, 성이 견 씨라 붙인 별명, 개복 씨. 별명은 전교생에게 급속도로 퍼져 나갔다. 다행히 개복 씨는 별명의 진원지를 찾는 몰상식한 일은 하지 않았다. 하지만 학기가 시작되고 얼마 안 가 개복 씨는 조창대 전문 물귀신이 되었다. 당연히 튀는 헤어스타일 때문이었다.

개복 씨가 턱짓한 곳으로 가니 장미가 여군다운 당당한 자세로 서 있었다. 장미는 개복 씨의 오른팔이다. 개복 씨는 몸에 절도와 패기가 배어 있는 장미를 무지 총애한다. 같이 길을 걸을 때면 무단횡단을 하건 침을 뱉건 눈감아 주는 장미지만, 학교에서 잘못하다 걸리면 우정이고 나발이고 없다. 학교에서는 철저한 원칙주의자인 장미가 학교 밖에서는 또 철저한 자유주의자라는 건 나밖에 모른다. 정말 배반의 장미다.

내가 인상을 구기며 꿇어앉자 장미가 나를 향해 혀를 날름거리고는 무엄하게 내 머리까지 쥐어박았다.

"안 돼, 안 돼. 폭력은 나빠."

지켜보고 있던 개복 씨가 끼어들며 장미를 말렸다.

"조창대. 누가 비굴하게 꿇어앉으라고 했어? 이런 꼴 절대 못 보니까 쪼그려 앉아."

나는 멍하니 개복 씨 얼굴을 올려다보았다. 때리는 시어머니보다 말리는 시누이가 더 밉다더니, 조상님들의 선견지명에 탄복을 금할 수가 없다.

"뭐 해? 쪼그려 앉으라니까?"

나는 개복 씨 말에 순순히 따랐다. 쪼그려 앉은 채로 몇 분 있으니 다리가 저리고 쥐까지 나려고 했다. 그냥 편하게 꿇어앉고 싶었다. 개복 씨는 나를 보며 실실 웃었다. 창자가 뒤틀리는 기분이다. 오늘 하루도 아침부터 배배 꼬이는구나. 시간이 더디게 흘렀다.

"거기, 잠깐만요. 어느 학생 학부모님이신지?"

한 여자애가 대학생 누나들이 들고 다닐 법한 핸드백을 메고 살금살금 지나가다가 개복 씨 레이더망에 포착된 거였다.

"명찰 색을 보니까 2학년 학생 같은데. 이게 이게 학생 가방이야? 잠깐만, 귀걸이까지 했네? 잘했어. 훌륭해. 하지만 여기는 학교고 교칙을 위반했으니까 벌점은 받아야겠지? 불만 있어? 없어?"

개복 씨가 여학생을 약 올리는 사이, 파마를 한 여학생과 염색을 한 남학생이 도둑고양이처럼 빠져나갔다.

"아, 웬 참견인데요, 씨."

꽃사슴처럼 가냘파 보이는 여학생 입에서 표독스러운 목소리가 튀어나왔다. 개복 씨, 오늘 임자 제대로 만났다. 때마침 아침 독서 시간이 끝났음을 알리는 종소리가 울렸다. 우르르 애들이 쏟아져 나왔다.

"참견해서 정말 미안한데, 이게 내 일이에요. 나, 이 일 하고 월급 받아먹거든? 됐니? 2학년 몇 반? 이름?"

개복 씨의 말에 꽃사슴이 신경질적으로 반과 이름을 붙었고, 장미가 그대로 받아 적었다.

"참고로 오늘 선생님한테 대든 것도 벌점에 포함시킨다. 총 17점. 잘하면 이번 달 선도위원회에서 볼 수도 있겠네? 그럼 가던 길 가라."

여자애가 신경질적으로 계단을 밟아 올라갔다.

"축하해."

개복 씨는 꽃사슴의 뒤통수에 대고 상냥한 목소리로 말했다. 누가 들으면 상점 주는 줄 알겠다.

개복 씨가 원래 먹잇감인 나를 향해 슬금슬금 다가왔다.

"일어서."

나는 시키는 대로 했다. 뒤로 넘어질 뻔했지만 가까스로 중심을 잡았다. 개복 씨는 곰곰 생각하는 눈치더니 대뜸 말을 건넸다.

"너한테 특별히 퀴즈 하나 낼게. 반 고흐와 모딜리아니, 이 두 사람의 공통점은?"

어디서 들어 본 이름이다. 화간가? 음악간가? 아님 과학자?

"맞히면 봐줘요?"

손해 보는 장사는 하기 싫었다. 개복 씨는 침묵했고 나는 그걸 긍정의 뜻으로 이해했다.

"외국인요."

장미가 픽 웃음을 터뜨렸다.

"땡!"

"맞잖아요. 약속 지키세요. 저 갑니다."

나는 보무도 당당하게 걷다가 장미한테 뒷덜미를 붙잡혀 개복 씨 앞에 섰다.

"아, 또 왜요?"

"넌 시대를 너무 앞서 나가. 아까 말한 그 외국인들의 공통점은 이거야. 시대를 앞서간 불운의 천재 화가. 그래서 그들의 말년은 불행했지. 자살하거나……."

"전 절대 자살 같은 거 안 해요. 제 자신을 너무 사랑하거든요. 됐죠?"

나는 개복 씨의 악담을 너그러이 용서하고 삼십육계 줄행랑을 놓았다. 개복 씨를 한 방 먹인 것 같아 짜릿한 기분이 들었다. 그 기분을 음미할 새도 없이 뒤통수에 꽂히는 말.

"조창대, 벌점 25점! 정리해라, 학생답게. 그리고 내일 생활지도실로 검사받으러 와. 이게 최후통첩이야. 최악의 경우 다음 주에 열리는 선도위원회에 부모님이 오셔야 할지도 모르니……. 너도 미리 축하!"

젠장. 엿 드세요, 너무 친절해서 탈인 개복 씨.

교실에 들어가니 이미 아침 조회가 끝나고 쉬는 시간이었다. 곧 1교시 종이 쳤다. 1교시 내내 멍 때리고 있다가 교무실로 향했다.

"또 왜?"

담임은 독 오른 코브라같이 공격적으로 이유를 물었다.

"교무실이 네 집 안방이냐? 어떻게 맨날 교무실을 와. 이제 네 얼굴만 보면 골이 쑤셔."

담임은 학생에게 상처를 덜 주는 우회적 화법을 모르는 것 같다. 나이가 아깝다.

"지각해서 아침에 샘 못 보면 얼굴 도장 찍으러 교무실 꼭 오라고 했잖아요."

"언제부터 네가 내 말 잘 들었다고."

담임이 퉁명스럽게 대꾸했다.

"지각에, 머리 꼬라지에, 잘하는 짓이다. 완전 대학생, 아니 연예인 수준이네."

담임의 비아냥이 가속 페달을 밟고 있었다.

"고맙습니다."

순간 욱해서 나도 모르게 튀어 나온 말이었다. 담임은 헛웃음을 날리며 꿀밤을 먹였다.

"이 자식이……, 지금 나하고 농담 따먹기 하냐?"

말투가 싸늘했다. 사태의 심각성을 감지한 나는 입을 봉했다.

"눈이 있으면 다른 애들 머리를 봐."

안 봐도 안다. 내가 다른 애들에 비해 머리칼이 길다는 거. 그래서 뭐? 나는 교무실 온 김에 꼭 해야 할 말을 했다.

"샘, 저 방학 때 부진아 수업 안 하면 안 돼요?"

며칠 전, 담임은 여름 방학 기간에 이 주간 기초 학력 부진아 수업이 예정되어 있다고 했다. 거의 강제나 다름없었다.

"미용 학원 다니면서 자격증 딸 계획인데요."

난 내 포부를 밝혔다. 구체적으로, 간절한 눈빛으로.

"부진아 딱지 부끄럽지도 않아? 이번 기회에 떼야지. 알아들었으면 가 봐."

담임이 억지로 등을 떠밀었다.

"저, 그게……. 돈 낭비 시간 낭비라고 생각하는데요."

"부모님은 아시냐?"

부모님이 알면 그날이 내 제삿날이 될지도 모른다. 성질도 급한 담임은 학부모 연락처를 뒤적거리더니 전화번호를 뻑뻑 누르기 시작했다.

"아, 진짜……. 그냥 하면 되잖아요."

일보 전진을 위한 일보 후퇴라고 생각해야지, 뭐.

"한 번만 더 이 문제로 내 심기 건드리면 알아서 해. 제발 그놈의 머리 좀 정리하고."

나는 고개를 꾸벅 숙이고 물러났다. 교무실 문을 채 닫기도 전에 등 뒤에서 이런 말소리가 들렸다.

"전임 학교에서도 쟤 소문 들었는데. 완전 말이 안 통하는 꼴통에 헤어스타일도 후덜덜하다고. 도샘 골치깨나 아프겠어요."

인간에 대한 예의라고는 모르면서 학생들을 가르치다니. 이 나라의 미래가 암울하다.

아침에 개복 씨가 한 말이 머릿속을 둥둥 떠다녔다. 어떻게든 상점을 얻어 벌점을 없애야 한다. 그럼 머리를 정리하지 않고도 선도위원회에 안 넘어간다.

틈나는 대로 선생님들을 찾아가 봉사 활동을 시켜 달라고 부탁해 보았다. 하지만 오늘따라 하나같이 고개를 저었다. 개복 씨가 미리 손을 써 두기라도 한 건가. 악랄하다. 설상가상으로 오늘은 급식조차 맛이 없고, 정말이지 사는 낙이 없다.

띵하던 머리가 6교시가 끝나자마자 가뿐해졌다. 곧장 교문으로 달려갔다. 교문 옆에 서서 긴 머리칼을 휘날리고 있는 수양버들이 눈에 들어왔다. 이렇게 더운 여름날엔 짧은 커트가 한결 생기 넘치고 시원해 보일 것 같다. 다듬어 주고 싶은 마음은 굴뚝같지만 내 코가 석 자.

난 주차된 자동차의 유리창에 얼굴을 비춰 보며 머리를 손질했다. 그리고 곧장 로즈 헤어숍으로 갔다. 화단에 있는 장미꽃이 시들시들했다.

원장님은 분무기를 칙칙 뿌리며 마른수건으로 거울을 닦고 있었다. 나는 장미 넝쿨에 물부터 듬뿍 뿌려 주었다.

"오늘은 커트부터 좀 하려고요. 또 걸렸어요."

"머리 빡빡 깎는다고 공부를 더 잘하는 것도 아닌데. 그 학교 엄청 빡세게 구네."

가려운 곳을 박박 긁어 주는 원장님 말에 속이 시원했다. 이런 엄마하고 사는 장미가 부럽다.

원장님은 장미 없이 하루도 못 살 거라고 한다. 그런데 장미는 뭐가 부족해 남자들도 하기 힘들다는 길을 가겠다고 아등바등 대는지 그 속을 알다가도 모르겠다. 나는 장미가 힘들게 사는 건 싫다. 갖은 수를 써서 병역을 면제받는 사람들도 있는데 구태여 거꾸로 기를 쓰는 장미를 보면 참 알 수 없는 게 사람 마음이다.

머리끝과 숱을 적당히 치고 미용실 청소를 하고 집으로 돌아갔다. 두통이 도지기 시작했다. 이제는 학교도 집도 다 감옥 같다. 온몸에 쇠사슬이 주렁주렁 매달린 기분이다.

다음 날, 쇠사슬에 친친 감긴 채 잠을 잔 것처럼 몸이 천근만근이었다. 아침부터 공기마저 후텁지근했다. 헤어스타일까지 별로였다. 학교 가는 길, 발목에 폐타이어를 매달아 놓은 듯 걸음이 무거웠다.

1교시는 가급적 피하고 싶은 담임 수업 시간이었다. 빈혈을 핑계로 보건실에 가 한 시간 정도 뻗어 있고 싶은 심정이었다.

"너, 머리 정리한 거 맞아?"

"네."

"길이도 파마도 염색도 그대론데. 애들한테 물어봐라, 새꺄."

몇몇 애들이 "정리했는데……." 하며 말끝을 흐리자 담임이 뱀눈을 뜨고 교실을 휘둘러보았다.

"저, 원래 곱슬인데요. 그리고 원래 좀 갈색이에요."

담임이 내 머리카락을 한 움큼 쥐고 잡아당겼다. 내가 애지중지하는 머리카락을! 상대가 대통령 할아버지라도 그것만은 용서 못 한다.

"이거 놓고 말하세요."

내 목소리는 점점 더 삐딱하게 나갔다. 담임은 내 소중한 구레나룻까지 당기며 나를 질질 끌고 앞으로 나갔다.

"야, 왜 그렇게 이 지저분한 털에 목숨을 걸어? 깎고 나서 평생 안 자라는 거라면 문제가 달라. 곧 자라잖아. 그렇게 선생님 골치를 썩이면서까지 머리칼을 사수하는 이유가 뭐냐, 도대체? 너도 서관중이처럼 눈물겨운 사연이라도 있냐?"

관중이는 고개를 숙인 채 아무 반응이 없었다. 난 눈을 치켜뜨고 담임 얼굴을 똑바로 노려보았다.

"야, 새대가리. 이 표정 뭐야? 지금 나하고 해보겠다는 거냐?"

"아닌데요."

담임의 실제 나이는 30대 중반, 얼굴 나이는 40대 중반, 뱃살 나이는 50대 후반. 며칠 전 담임은 링컨의 말을 빌려 훈계했다. 사람은 자기 얼굴에 책임을 질 줄 알아야 한다고. 이런 게 바로 이율배반이 아니고 무언가.

"눈 안 깔아, 새꺄!"

난 눈을 까는 대신 고개만 살짝 돌렸다.

"복도로 나가서 엎드려뻗쳐."

오늘도 난 정상 궤도를 이탈했다.

"체벌 금지 아니에요? 그리고 자꾸 새대가리 새대가리 그러는데 기분 나쁘니까 그러지 마세요. 제가 왜 새대가립니까? 인격 모독입니다."

"뭐야?"

담임은 붉으락푸르락한 얼굴로 버럭 소리를 지르더니, 애써 흥분을 누그러뜨리며 말했다.

"제 눈앞에서 너님 면상 좀 치워 주세요. 복도에 가 계시라고."

정 원하신다면. 난 터덜터덜 복도로 나갔다.

담임은 수업 시간 내내 나를 방치했다. 나도 내 멋대로 삐딱하게 서 있다가 앉았다가 이리저리 몸을 움직이고, 가끔은 복도를 어슬렁어슬렁 돌아다니기도 했다. 그 와중에 스르르 졸음이 몰려왔다. 청소 도구함에 걸터앉아 어정쩡한 자세로 꾸벅꾸벅 졸고 있다가 수상한 인기척에 정신을 번쩍 차렸다. 천천히 고개를 드니 내 앞에 개복 씨가 서 있었다. 예의 미소 띤 표정이었다.

"벌도 참 자유 평화주의적으로 선다. 이런 방면으론 아주 도가 텄구나, 조창대. 너 아침에 머리 검사 받으라고 했을 텐데, 왜 꿍구워 먹은 소식이야? 이 늙으신 몸이 팔팔한 네 몸을 직접 뵈러 와야 하는 거야?"

그러면서 개복 씨는 내 소중한 머리칼을 잡아당겼다. 오늘 내 머리칼을 탐하는 자가 왜 이리 많은지 핵짜증이 났다. 난 조건 반사처럼 그 손을 탁 쳐 냈다.

"아이쿠, 이런. 내가 실수를 해 버렸네. 학생님의 소중한 머리 칼님에 손모가지를 댔으니. 어떻게 사죄드리면 될까요?"

"죄송합니다."

난 형식적으로 사과했다. 시끄러워지는 건 원치 않았다.

"무슨 말씀을요. 제가 죽을죄를 지었죠. 벌점 5점! 이로써 다음 주 선도위원회 참석 결정!"

"아, 왜요!"

"흥분하지 말고 이성적으로 해결하자. 나, 평화주의자다."

평화주의자 다 얼어 죽었다.

"왜 저만 미워하세요? 제가 뭘 그렇게 잘못했는데요."

내가 생각해도 다분히 도전적인 말투였다. 담임이 팔짱을 낀 채 복도로 나와 구경했다. 교실에서 웅성거리는 소리가 들려왔다. 복도 창가 쪽에 앉아 있던 애들이 힐끔힐끔 쳐다보았다. 쳐다보기만 하지 말고 동영상을 촬영해서 인터넷에 올려라, 멍청이들아.

"무슨 말씀을 저렇게 섭하게 하실까. 내가 우리 조창대를 얼마나 사랑하는데. 앞으로 그 사랑 더 뼈저리게 느끼도록 해 줄게."

"차라리 그냥 때리세요! 신고 안 할 테니까."

"그건 옳지 않아. 학생의 인권을 침해할 생각은 없어, 추호도!"

개복 씨의 느물거리는 말투에 토가 나올 뻔했다. 오늘 아침 머리할 때부터 뭔가가 배배 꼬이더니 결국 이 모양 이 꼴이 되었다. 불패의 신화를 만들어 가는 징크스.

"억울한데요. 머리 그렇게 많이 긴 것도 아니고, 파마도 다 풀렸고, 염색도 거의 다 빠졌잖아요."

나는 담임한테 하소연했다.

"너, 아까는 원래 곱슬머리라며? 원래 갈색 머리라며?"

아, 실수.

뒤에서 "인간아, 인간아." 하는 소리가 귀청을 때렸다. 불길이 치솟는 느낌이었다. 가슴속 활화산의 용암이 들끓기 시작했다. 애들이 킥킥대는 웃음소리도 들려왔다. 화산이 순식간에 펑, 터졌다.

난 교실로 들어가 가방을 챙겨 인사도 없이 뛰쳐나왔다. 관중이가 내 팔을 잡았지만 뿌리쳤다. 담임이 내 이름을 불렀지만 무시했다. 쪽팔려서 돌아보기도 싫었다.

교문을 나서면서 하늘을 쳐다보았다.

"하늘 드럽게 파랗네."

수양버들이 눈에 들어왔다. 휘휘 늘어진 수양버들의 머리카락이, 저 자유가 오늘만큼은 부러웠다. 장미한테 문자를 넣었다.

아놔, 꿀꿀. ㅜㅜ

사고 쳤다며? 어리광 그만 부려라.

잔소리! 엄마냐? 학교 끝나고 놀자.

헐, 미친! 낼모레 셤 친다는 거 모르는 거임?

참, 그랬지. 근데 나한테 시험은 의미가 없다. 아, 진짜 기분 제대로 꿀꿀하다.

잠깐만……! 아니다. 내일은 단속이 느슨해지는 시험 하루 전날. 개복 씨와 만날 일은 없을 거다. 거기에 내 생식기를 걸어도 좋다. 살짝 기분이 좋아졌다.

휴대폰에 진동이 왔다. 장미가 마음을 고쳐먹은 줄 알았는데, 담임이었다. 난 전원을 꾹 눌렀다.

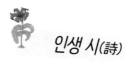

인생 시(詩)

저, 저, 저, 저건 개복 씨? 나는 내 눈을 의심했다. 시험 하루
전날에 웬 교문 단속? 이건 자유에 목마른 학생들에 대한 극악
무도한 만행이었다. 고양이도 쥐가 도망갈 구멍은 마련해 두고
쫓는다는데, 개복 씨는 참 구제 불능 독종이다. 어쨌든 생식기를
건다는 말은 취소!

개복 씨가 가증스런 미소를 띤 채 손가락을 까딱까딱했다. 그
러더니 소름 끼치는 웃음을 흘리며 내게 '학생은 학생답게'라는
글자가 쓰인 피켓을 건네고는 교문 앞을 지켜 서게 했다. 창피를
주자는 속셈인 모양인데, 사람 잘못 봤다. 이런 벌이라면 매일이
라도 달게 받을 수 있다.

피켓으로 슬그머니 얼굴을 가렸다. 그러자 개복 씨가 친히 내 손목을 잡고 끌어내렸다. 굴복할 수야 없지. 난 다시 피켓을 티 안 나게 서서히 위로 들어 올렸다. 어쨌거나 엄마랑 함께 등교하지 않은 건 신의 한 수였다.

어제저녁, 입맛이 없어 밥을 깨작대고 있던 나에게 엄마가 말했다. "밥 먹고 두부나 사 와." 하는 투로.

"내일 아침 학교 같이 가."

"왜?"

"오래."

"담탱이가? 지가 뭔데 오라 가라야?"

"말뿐새!"

엄마가 앞니로 아랫입술을 깨물며 나를 노려보았다. 알고 보니 담임은 어제 내가 무단 조퇴를 하자마자 엄마한테 전화를 했단다. 내 성적과 품행에 대해 미주알고주알 까발렸겠지. 그러면서 상담이 절실히 필요하다고 말했을 거다. 노심초사 자식 걱정인 순진한 우리 엄마는 마른하늘에 날벼락이 떨어진 줄 알고 덜컥 낚였을 거고.

아침 일찍 엄마는 안 하던 화장까지 하며 외출할 채비를 했다. 집이 평온한 걸로 봐서 그 일이 기복 씨 귀에는 안 들어간 모양이었다.

"오지 마."

"간다고 했어."

"갑자기 피치 못할 사정이 생겼다고 하면 되잖아. 할머니 병간호해야 한다고 그래."

아닌 게 아니라 몇 달 전에 할머니가 위독하다는 연락을 받고 급하게 시골로 내려간 적이 있었다. 하지만 엄마는 내 말을 듣는 둥 마는 둥 했다.

"상담은 개뿔! 전화로 하면 되지 학교는 왜? 그리고 내 진로는 내가 선택해."

엄마가 엄지와 검지로 내 입술을 꽉 붙잡았다. 입술이 떨어져 나갈 듯 아팠다. 난 엄마 손을 탁 쳐 내고는 대문 밖으로 줄행랑을 놓았다. 그때, 내가 양보해서 엄마랑 같이 학교에 왔더라면 민망한 일이 벌어질 뻔했다.

아, 그런데 기어코 교문으로 납시는 엄마. 정장 차림에 벌꿀 드링크제까지 들고? 미치고 펄쩍 뛰겠다. 나는 피켓으로 얼굴을 가렸다. 눈치 빠른 개복 씨가 다시 피켓을 내렸다. 체면 좀 살려 주면 안 되나? 하여튼 인간미라고는 눈곱만큼도 없다. 별수 없이 눈을 질끈 감았다. 1초, 2초, 3초……, 7초. 살그머니 실눈을 떠 보니 엄마는 고개를 갸우뚱거리며 중앙 현관 쪽으로 가고 있었다. 휴, 벌렁거리던 심장이 가라앉았다.

마침 아침 자습 시간을 알리는 종소리가 났다. 나는 겨우 개복 씨한테서 풀려나 계단을 두세 개씩 밟아 올라갔다. 복도에 들어서자 교무실로 들어가는 엄마의 뒷모습이 보였다. 나는 교무실 앞에서 담임과 엄마를 염탐했다. 담임은 김영란법을 들먹이며 한사코 벌꿀 드링크제를 사양했다.

담임은 자기 멋대로 내 미래가 암울하다고 말할지 모른다. 엄마는 막막한 심정으로 어떻게 방법이 없겠냐며 매달릴 거고, 담임은 노력은 해 보겠지만 워낙 두발 문제로 말썽을 많이 피워서 어쩌고저쩌고하면서 내 아킬레스건을 건드릴 거다. 아, 모르겠다. 될 대로 돼라. 내가 눈 하나 깜짝하나 봐라, 쳇! 난 교무실을 슥 지나쳤다.

하루 종일 맥이 쭉 빠졌다. 멍 때리다가 졸다가 복도로 나가 벌서다가 하루가 다 갔다. 미용실에 들러 청소를 하다가 가위를 떨어뜨리고, 쓰레받기로 쓸어 담은 머리카락을 세면대에 버리는 실수도 했다.

터벅터벅 집으로 돌아가 보니 엄마가 안방에 누워 있었다. 다녀왔다는 인사에 무심하게 "응." 했다. 그뿐이었다. 오늘 있었던 일도 말 안 해 주고, 저녁도 안 챙겨 줬다. 식탁 위에 벌꿀 드링크제가 덩그러니 놓여 있었다. 집 안에 정적이 감돌았다. 고미의 행방이 궁금해질 지경이었다. 나는 방으로 들어가 고미한테 카톡 문자를 보냈다.

어디? 언제 와?

문자를 확인했는지 숫자 '1'이 사라졌지만 답은 없었다. 기대하고 보낸 건 아니었지만 괘씸하고 허탈했다.

시험 첫날, 애들 얼굴에는 긴장감이 감돌았다. 그깟 시험에 목을 매다니 한심하다. 나는 늘 하던 대로 OMR 카드에 줄을 세우고 잠을 청했다. 감독 선생님이 몇 번 깨웠지만 내가 끝까지 잠을 포기하지 않자 결국 나를 포기했다.

시험은 끝났고 잠도 깼다. 애들은 반장이 칠판 가득 적어 놓은 정답을 보고 시험지를 채점하며 환호성을 지르기도 하고 한탄을 하기도 했다. 문제 한 개 맞고 틀린 것에 희비가 엇갈리는 현실이 혐오스러웠다. 웬일로 관중이도 그런 한심한 놈들 사이에 끼어 울상을 짓고 있었다. 성적 지상주의자 현진이의 표정이 우거지상인 걸 보니 약간 통쾌했다.

"야, 각자 자기 주변 쓰레기만 줍고 가래."

반장이 담임 말을 전달하자마자 난 가방을 어깨에 멨다. 그리고 시험지를 재채점하고 있는 관중이한테 말했다.

"얀마, 사망 선고 받았냐? 왜 안 하던 짓 하고 그래?"

관중이는 눈길도 안 주고 대꾸도 안 했다.

"몸도 근질근질한데 피시방 가자. 컵라면도 쏠게."

"독서실 갈 건데."

장미한테 잘 보이려는 수작이다.

"네가 드디어 맛이 갔구나."

"어, 인정. 맛이 가서 드디어 정상으로 돌아왔어. 내가 원래 맛이 많이 가 있었잖아."

관중이가 바보처럼 헤죽거렸다.

"아, 개열받네. 잘해 봐라, 이 배신자 새끼야!"

난 휴대폰에 이어폰을 연결해 귀에 꽂고 쓸쓸히 교문을 벗어났다. 수양버들이 바람결에 한들한들 머리채를 흔들고 있었다. 저 머리채를 다 쥐어뜯고 싶다.

최근 들어 학교를 당장 때려치우고 싶다는 생각이 하루에 열두 번도 더 든다. 내 맘대로 할 수 있는 게 아무것도 없다는 사실에 분노가 치민다. 학교라는 곳은 내 꿈을 실현시키는 데 하등 도움이 안 된다. 의자에 앉아 허무하게 보내는 시간이 아까워 미칠 지경이다. 언젠가 현진이는 절이 싫으면 중이 떠나는 거라고 하면서 코웃음을 쳤다. 늘 학교가 싫다고 짜증내면서 막상 미련 없이 떠나지도 못하는 어중간한 내 모습. 학교에서 상처받은 내 마음이 만신창이가 된 채 길바닥에 나뒹굴었다.

지하철로 가는 계단을 밟아 내려갔다. 한 계단 한 계단 밟을 때마다 나락으로 쿵쿵 떨어지는 기분이 들었다. 지하철을 기다리는 동안 심심해서 안전문에 쓰여 있는 시를 읽어 보았다. 프로스트의 〈가지 않은 길〉이었다.

노란 숲속에 길이 두 갈래 나 있었습니다.
아쉽게도 나는 두 길을 다 갈 수 없는
한 사람의 여행자라, 오래도록 서서
눈길 닿는 데까지 멀리
덤불 속으로 꺾인 한쪽 길을 내려다보았습니다.

그리고 똑같이 아름다운 다른 길을 택했습니다.
그럴 만한 이유가 있었습니다.
그 길은 풀이 더 우거지고 인적이 드물었습니다.
인적이 드물기로는 사실,
두 길이 거의 비슷해 보였지만요.

그날 아침 두 길은 아무런 발자국 없이
똑같이 낙엽 속에 묻혀 있었습니다.
아, 나는 다음날을 위해 한쪽 길은 남겨 두었습니다.
길은 또 다른 길로 이어져 있으니
내가 또다시 돌아올 수 있을지 의심하면서도.

먼 훗날, 어디에선가
나는 한숨을 쉬며 이야기하겠지요.
숲속에 두 갈래 길이 있었다고.

나는 사람이 적게 간 길을 택했다고.

그로써 모든 것이 달라졌다고.

천천히 다시 읽어 보았다. 순간 온갖 소음과 사람, 철로가 사라지고 눈앞에 두 갈래 길이 펼쳐졌다. 하나는 기복 씨가 꽉꽉 밀어 주는 탄탄대로. 또 하나는 외롭게 혼자 가는 험난한 산길.

탄탄대로에 들어서자 기복 씨와 고미가 박수갈채를 보낸다. 내 표정? 안 봐도 뻔하지, 뭐. 정수리에는 최신형 내비게이션을 장착했는데 고통이 물결처럼 밀려온다. 물결은 집채만 한 파도가 되어 나를 덮친다. 기계음이 지시하는 대로 앞만 보고 정신없이 걷는 내내 가슴은 답답하고, 머릿속은 먹물이 번지는 것 같다. 드디어 길 끝이 보인다. 눈앞이 암흑천지다. 아무 그림이 안 보인다. 두렵다.

난 서둘러 테이프를 뒤로 감고 다시 갈림길에 섰다. 울퉁불퉁한 산길을 걸어 올라간다. 한 치 앞도 내다볼 수 없는 안갯길을 걷는 기분이다. 빗길을 걷다가 흙탕길을 걷다가 눈길을 걷다가 얼음길을 걷는다. 오르막길을 가다가 갑자기 내리막길을 만나 겨우겨우 올라간 길이 아무 소용 없게 된다. 열받는다. 너무 힘들어서 지름길로 가려다가 돌길과 가시밭길을 만난다. 완전 짜증난다. 혼자 외딴길을 걷는다. 아무도 손길을 내밀어 주지 않는다. 눈길도 안 준다. 넘어지고 웅덩이에 빠지고 발목을 접질러 절뚝이면서도 걷는다. 누군가가 야유를 퍼붓는 것 같다. 그럴수록 오기가 생긴다. 비바람이 치고 눈보라가 휘몰아친다. 헉헉, 숨 가쁘다. 살이 에이고 부르트고 찢긴다. 죽을 것만 같다. 그래도 이를 악다물고 걷고 걷고 또 걷는다. 포기할 수 없다. 포기하면 기복 씨와 고미가 비웃고 개무시할 테니까.

그렇게 겨우겨우 산꼭대기에 선다. 가슴이 벅차오른다. 헤어 디자이너가 된 내 모습이 보인다. 환하게 웃고 있다. 오, 온몸에 일어나는 전율! 난 나에게 묻는다. 후회 안 해? 그러자 입에서 서슴없이 대답이 튀어나온다. 당근! 저 멀리서 팡파르가 울려 퍼진다.

나는 똥 씹은 표정으로 서 있는 기복 씨를 향해 호탕한 웃음을 터뜨린다. 고미를 향해 혀를 쑥 내민다. 아싸, 통쾌하다.

그래, 눈앞에 길이 보이는데, 그게 가야 할 길이고 살길인데, 어떻게 딴 길을 갈 수 있겠는가 말이다. 시 한 편 읽었을 뿐인데 심장이 마구 뛴다. 이런 희한한 경험은 난생처음이다. 내 인생 시로 결정!

마침 바람이 분다. 바람은 스스로 바람길을 내고 간다. 나도 바람처럼 내 길을 만들며 갈 거다. 누가 도시락 싸 가지고 다니며 뜯어말려도 꼭 그렇게 하고 말 테다. 눈을 떠 보니 코앞에 지하철이 도착해 있었다. 알고 보니 지하철이 몰고 온 바람이었다.

열차에 앉아 새로 산 드로잉북을 꺼내 헤어 스케치를 했다. 원장님은 헤어 스케치를 하면 머릿결 흐름을 예리하게 알아챌 수 있는 건 물론이고, 두상의 장단점을 빠르게 파악하는 힘까지 기를 수 있다고 했다. 사람들이 힐끔거리는 시선이 느껴졌지만 개의치 않았다. 아니, 그 느낌이 은근히 좋았다.

시내로 가서 그냥 무작정 싸돌아다녔다. 문득 거대한 자기장처럼 내 발걸음을 이끈 대형 헤어숍 앞. 통유리창 앞에 서서 실내를 구경하다 지그시 눈을 감고 상상 속으로 빠져 들어갔다. 세계 판매 부수 1위인 미용 잡지 기자와 인터뷰를 하고 있는 나를 발견한다. 만면에 미소를 띠고 파란만장한 학창 시절 이야기부터 풀어놓는다. 기자가 믿을 수 없다는 표정으로 감탄사를 연발한다.

"무슨 일이시죠?"

공상에서 깨어나 보니 헤어숍 직원이 문밖으로 고개를 빼꼼 내밀고 나를 위아래로 훑어보고 있었다. 헤어숍 안에 있는 모든 사람의 시선이 일제히 나를 향해 있고. 졸지에 동물원 원숭이가 되어 버린 나는 허둥지둥 그 자리를 빠져나왔다. 자꾸 쿡쿡 웃음이 나왔다. 유치한 상상이었지만 확실히 기분 전환이 된 것 같았다.

털레털레 집으로 돌아와 현관문을 벌컥 열어젖혔다. 신발을 채 벗기도 전에 엄마가 튀어나오더니 다짜고짜 말했다.

"머리 자르고 새까맣게 염색하고 파마도 풀고 와."

"시험공부해야 돼."

"성적 신경 쓰는 놈이 여태 싸돌아다니다가 이제 들어와?"

입이 열 개라도 할 말이 없었다.

"내 머리 내 맘대로도 못 해?"

은근슬쩍 현관문 안으로 들어섰지만 엄마는 내 머리를 붙잡고 도로 대문까지 끌고 갔다.

"이게 어디 구렁이 담 넘어가듯이 넘어가려고 그래?"

"아, 머리 만지지 말라고!"

화가 났다. 난 엄마의 팔을 툭 쳐 냈다. 근데 생각보다 힘을 많이 줬는지 엄마가 팔목을 부여잡고 인상을 찌푸렸다. 미안하고 짜증나고 그랬다. 기껏 집이라고 왔더니 문전박대를 당하고 있는 처량한 내 신세. 도로 심란해지려고 했다.

"똑바로 안 해 오면 국물도 없을 줄 알아."

엄마는 신용 카드를 교복 주머니에 찔러 넣어 주고는 대문을 쾅 닫았다. 더럽고 치사해서 그깟 국물 안 먹고 만다.

엄마는 나를 다 이해해 주는 것 같으면서도 학교 문제에서만큼은 절대 물러서지 않는다. 곧 죽어도 선생님한테는 절대 복종해야 하고, 말 안 들으면 혼쭐나야 하고, 아무짝에도 쓸모없는 졸업장은 반드시 따라는 주의다. 그게 무슨 의미가 있느냐고 따지면 엄마는 의미는 나중에 찾고 지금은 무조건 말 들으라고 했다. 누가 간호 장교 출신 아니랄까 봐, 규칙 준수하는 걸 사명으로 여긴다. 아, 세상에 완벽한 내 편은 없는 건가? 갑자기 외로움이 물밀듯이 밀려온다. 난 맞아 죽을 각오로 피시방에 갔다.

손에 땀을 쥐며 헤어 커트 쇼를 감상하다, 미용사 자격시험 일정을 재확인하고, 쇼핑몰에 들어가 미용 도구를 검색하면서 시간을 때웠다. 마지막으로 미용 고등학교 홈페이지에 들어갔다.

미용 피부과의 교육 목표

미를 창조하는 헤어 미용, 피부 관리, 메이크업, 네일에 관한 기능을 익히고 전문 지식 및 숙련된 기술을 습득하여 헤어, 피부, 메이크업, 네일 분야에 종사할 유능한 전문인 양성.

가슴이 쿵더쿵 쿵더쿵 뛰었다. 꿈꿀 수 있다면 시꺼먼 피시방도 오아시스 못지않다.

엄마는 머리 털끝 하나 건드리지 않고 돌아온 나를 향해 화를 내지 않았다.

"밥은?"

나는 고개를 저었다. 엄마는 말없이 밥상을 차려 주었다. 엄마가 부쩍 늙어 보였다. 나는 지은 죄가 많아 미안했다. 그래도 밥을 두 그릇이나 먹었다.

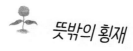

뜻밖의 횡재

며칠 뒤, 학교에서는 진풍경이 벌어졌다. 선생님 몇 명이 중앙 현관 입구에서 등교하는 애들의 귀에 체온계를 꽂아 넣고 있었다. 뉴스 보도에 따르면 신종 독감이 세계를 강타해 한반도 전역을 공포의 도가니로 몰아넣고 있다고 했다. 어느 나라에서는 합병증으로 인한 사망자가 속출하고 있다고도 했다. 하지만 선뜻 피부에 와 닿지 않았다. 그랬는데 결국 우리 지역에까지 바이러스가 침투해 학교에서도 적극적인 예방에 나선 모양이었다.

난 영어 선생님 쪽으로 터벅터벅 걸어갔다. 영어 선생님은 불만스런 얼굴로 귀지가 묻은 체온계를 알코올 솜으로 닦아 내고는 내 귀에 무성의하게 찔러 넣었다. 그러고는 나를 무슨 세균

덩어리 취급하듯 휙휙 고갯짓을 했다. 이상 없으니까 가라는 뜻이었다. 불쾌했지만 꾹 참고 물었다.

"몇 도예요?"

영어 선생님은 코대답도 안 하고 체온계를 보여 주었다. 33.8도, 저체온이었다.

"비정상이잖아요."

영어 선생님은 눈을 흘기며 째려보더니 다시 체온계를 내 귀에 꽂았다. 감정이 섞였는지 귓구멍이 따가웠다. 36.7도, 이번에는 정상이었다.

난 어깨를 축 늘어뜨리고 중앙 현관을 향해 걸어갔다. 화장실 쪽에서 마스크를 쓴 개복 씨가 걸어오고 있었다. 난 개복 씨의 눈을 피해 서둘러 두세 계단을 밟아 올라갔다.

교실은 벌집을 쑤셔 놓은 것처럼 와자지껄했다.

"야, 효성중은 어제 휴업했대. 죽이지 않냐?"

"우리 학교도 신종 독감이 휩쓸고 지나가면 원이 없겠다."

애들은 삼삼오오 모여 시답잖은 이야기를 나누었다. 여기저기 마스크를 쓴 애들이 눈에 띄었다. 관중이는 엎드린 채 잠에 빠져 있었다. 책상 위에 접다 만 종이 장미가 놓여 있었다.

관중이는 떡두꺼비같이 생긴 녀석이 겉보기와 달리 손재주가 많았다. 작년에는 가정 시간에 십자수 보조 교사로 활동한 경력도 있다. 삼 년 내내 같은 반인데 녀석이랑은 작년, 두발 사건으로 처음 맺어졌다.

관중이는 심한 곱슬머리라 손질을 해도 머리가 마구 부풀어 오르고 엄청 지저분해 보였다. 선생님들은 관중이를 볼 때마다 눈살을 찌푸리며 삼수생 같다느니, 고시생 같다느니, 히키코모리 같다느니, 사십 대 아저씨라고 해도 믿겠다느니 등등 온갖 모욕적인 말로 상처를 주곤 했다. 그러면서 갖은 협박과 부탁과 애원을 해도 관중이는 자신의 헤어스타일을 고수하는 이유를 함구하고 있었다. 나는 그런 관중이에게 급호기심이 생겼다.

웬만한 미용실 직원보다 애들이 원하는 스타일에 더 빠삭했던 난 인기를 한 몸에 받았고, 우리 교실 내 자리는 '조창대 헤어숍'이라는 별칭까지 얻고 있었다. 자신감에 찬 난 어느 날 관중이를 향해 집착에 가까운 질문을 퍼부어 댔다.

"헤어스타일을 포기하는 건 인생을 포기하는 거야, 인마. 도대체 왜 그러고 사냐? 돈이 없는 거야? 아님 그게 네 스타일? 두 눈 뜨고 도저히 못 봐 주겠다."

남의 속사정에 대해선 본인이 먼저 말하지 않는 이상 묻지 않는 게 예의다. 그땐 그걸 몰랐다. 관중이는 굳게 채운 자물쇠 같은 입을 열지 않았다. 난 빗과 가위를 들고 호도깝스럽게 설쳐 대기 시작했다.

"서관중, 걱정을 하덜덜 마. 이 몸이 무료 봉사해 주겠다고."

구경꾼들이 우르르 몰려들기 시작했다. 관중이는 다소 겁먹은 표정이었다.

"내 실력 몰라? 이래 봬도 커트 경력 꽤 돼. 나중에 세계 톱 헤어 디자이너가 될 몸이시니까 영광인 줄 알아, 인마!"

애들 몇 명이 관중이를 꼼짝 못 하게 어깨를 잡아 짓눌렀고, 난 관중이의 머리카락을 잘라 나갔다. 관중이는 몸을 계속 버둥거렸다.

귀 주위 머리카락을 자를 때였다. 관중이가 심하게 요동치는 바람에 가윗날이 귓불에까지 닿았다.

"앗!"

관중이가 비명을 지르면서 손으로 귀를 감쌌다. 시뻘건 피가 교실 바닥에 뚝뚝 떨어졌다. 나는 간이 쿵 떨어지는 줄 알았다. 순간 관중이는 눈꺼풀을 뒤집고 바닥에 쓰러졌다. 사지를 바들바들 떨고 입에 게거품을 물며 발작을 했다. 애들은 너무 놀라 관중이 곁에서 멀찍이 떨어졌다. 우연히 우리 교실 앞을 지나가던 도덕 선생님이 잽싸게 들어와 덩치 큰 애들을 시켜 관중이를 부축해 보건실로 데려갔다. 나는 심장이 한참 동안 벌떡거렸다.

119 응급 구조대가 왔다. 애들은 뇌전증 증세하고 비슷하다고 떠벌리고 다녔지만 확인 결과 그건 습관성 경기였다. 그날 이후, 선생님들은 물론 애들도 관중이를 건드리지 않았다. 아니 다들 관중이한테 접근하기를 꺼려 했다. 관중이의 머리는 신성 불가침 영역으로 낙점됐다.

며칠 뒤에 알았다. 관중이가 두피에 아토피가 심해 탈모가 생겼고, 그래서 머리를 짧게 깎으면 보기에 흉측하다는 사실을. 그때 관중이는 '땜빵'이라는 별명을 얻었다. 관중이는 의기소침해 있는 나를 원망하지 않았다.

"실수는 인간적인 거래. 세상에는 어느 것도 시도하지 않기 때문에 실수를 하지 않는 사람도 있대, 괴테 할아버지가."

나는 관중이의 말을 듣고 어안이 벙벙했다.

"그러니까 너는 괜찮은 인간이라는 거야. 너무 신경 쓰지 마."

괴테 할아버지가 어디 사는 누구인지는 잘 모르겠지만 멋진 할아버지 같았다. 관중이가 그렇게 말해 주지 않았다면 난 지금쯤 심각한 트라우마 때문에 가위에는 손도 못 댔을지도 모른다. 한마디로 서관중은 좀 멋진 놈이다.

그런 녀석이 요즘 장미 때문에 맛이 갔다. 외모에도 부쩍 신경을 쓰더니 어제는 진지하게 고민 상담까지 하는 게 아닌가.

"이 머리, 어떻게 안 될까?"

난 상식선에서 친절하게 답변해 주었다.

"결론부터 말하면 한번 곱슬은 영원한 곱슬. 매직이나 파마를 하더라도 이미 휘어진 모발을 잠시 펴는 것뿐이야. 두피 자체를 바꾸지 않는 이상 어려워. 모발 이식은 가능할지 모르지만 돈 엄청 깨질걸? 너, 부자 아니잖아."

관중이는 상당히 낙심한 표정이었다. 나는 급히 말을 돌렸다.

"근데 유행은 돌고 도니까. 일부러 돈 들여서 너처럼 하는 사람들도 있는데, 뭐. 네 헤어스타일 괜찮아. 나름 개성 있다고."

내 진부한 조언이 크게 도움이 된 것 같진 않았다. 설마 그 일 때문에 지금 마음의 병을 얻어서 엎드려 있는 건 아니겠지?

관중이가 콜록콜록 기침을 하면서 상체를 일으켰다. 얼굴이 상기되어 있었다.

"야, 너 혹시 독감 아냐?"

"아까 체온 쟀는데, 37.3 나왔어."

"뜨거운데. 체온계 졸라 구려. 나는 첨에 33.8 나왔다니까. 얼른 보건실 내려가 봐."

난 겁도 없이 관중이의 이마에 손을 대며 말했다. 애들은 우리 쪽을 흘끔 보더니 손 소독제를 찍찍 짜서 손을 마구 비볐다.

얼마 후, 보건실에 갔던 관중이는 비실비실 돌아와 가방을 챙겼다.

"엉아 먼저 병원 갈게. 건투를 빈다."

그렇게 말하는 관중이 눈은 웃고 있었고 교실 문을 나서는 발걸음은 새털처럼 가벼워 보였다. 난 황급히 관중이 자리에 앉아 책상에 엎드린 채 얼굴을 마구 비벼 댔다.

"왜? 너도 걸리게?"

현진이가 경멸 어린 시선으로 나를 내려다보며 말했다. 정곡을 찔린 난 좀 뜨끔했다.

현진이는 작년에 우리 반 반장이었다. 현진이 녀석은 나한테 머리를 손질하러 몰려오는 일진들 때문에 골치깨나 썩었다. 한번은 점심시간에도 앉아서 영어 단어를 외우고 있던 현진이가 "니네 반으로 가서 떠들어!" 했다가 일진 애들한테 협박을 받기도 했다.

남 일에 감 놔라 배 놔라 하는 건, 현진이의 무궁무진한 불치병 중 하나였다. 하지만 현진이한테는 대꾸를 안 하는 게 가장 현명한 방법이다. 자식이 논리적으로 따지고 들면 난 머리가 어질어질하다.

"헐."

난 현진이의 질문을 무시하고 하던 짓을 계속했다. 현진이는 피식 썩소를 짓고는 가던 길을 갔다. 제발이지 아는 척 좀 하지 말고 그냥 있는 듯 없는 듯 지나쳐 줬으면 소원이 없겠다.

다음 날, 몸에서 고열이 나기 시작했다. 혹시 신종 독감? 등교하는 내내 열에 들떠 날아갈 것 같은 기분이었다. 교문 옆에 서 있는 수양버들도 독감에 걸렸는지 긴 머리를 축 늘어뜨린 채 힘이 하나도 없어 보였다.

난 도덕 선생님한테 자신만만하게 귀를 내밀었다. 37.1도.

"독감 맞죠?"

"37.8도 넘어야 돼."

"다시 한 번 재 보세요. 열 장난 아닌데……. 기침도 하고, 목까지 따끔거린단 말예요."

도덕 선생님은 내 이마에 손까지 대면서 다시 체온을 쟀다. 그러고는 체온계를 보여 주었다. 37.2도.

"이것 봐요. 자꾸 올라가잖아요. 다시 한 번만 재 봐 주세요."

도덕 선생님은 내 머리를 쥐어박으며 가라고 고갯짓을 했다. 이럴 수는 없다. 나는 당장 보건실로 갔다.

"밖에 있는 체온계 고장 났어요. 다시 한 번 재 주세요."

나는 고통을 애써 참는 표정으로 말했다. 보건 선생님은 이마를 만져 보더니 고개를 갸웃대고는 말했다.

"병원부터 가 봐."

나는 한달음에 교무실로 달려갔다.

"선생님, 저 신종 독감……"

"잠깐……! 접근 금지!"

얼마 뒤 담임은 교무실 밖에 대기하고 있는 나에게 조심스럽게 외출증을 건네주었다. 교문을 나서는 순간, 불멸의 미드 〈프리즌 브레이크〉의 석호필에 빙의해서 탈옥하는 기분이었다.

난 병원으로 직행했다. 의사는 증상을 묻고 입안과 귓속을 들여다보고 청진기로 진찰하더니 단순 감기라고 결론지었다. 당연히 신종 독감 확진 판정을 받고 타미플루를 처방받아 병원 문을 나설 줄 알았는데 허무했다. 이대로 포기할 순 없다. 난 입을 굳게 다물고 비장한 각오로 담임한테 문자를 찍었다.

저 신종 독감 확진요.^^

꼭 귀신한테 홀린 기분이었다. 내 손가락은 망설임 없이 확인 버튼을 꾹 눌렀다. 문자가 날아갔다. 앗, 실수! 웃음 이모티콘은 붙이는 게 아니었는데……. 담임한테 곧장 전화가 왔다.

"좋기도 하겠다, 인마. 그건 그렇고 싸가지 없게 문자만 틱 날리면 끝이야?"

"수업 중일 것 같아서……."

"어이구, 네가 언제부터 그렇게 선생님을 배려했냐?"

담임은 내가 결석하는 게 반가울 텐데 계속 비아냥대는 말투였다.

"꼼짝 말고 집에 틀어박혀 있어. 밖에 쏘다니다가 엉뚱한 사람 감염시키지 말고. 오 일 동안 경과 지켜보다가 괜찮아지면 진료 확인서 들고 오고."

전화를 끊는 순간, 입가로 웃음이 줄줄 흘러넘쳤다. 뜻밖의 횡재다. 진료 확인서는 그다음 일이었다. 덕분에 내 머리칼은 당분간 목숨을 부지할 수 있게 되었다!

난 이 역사적인 순간의 기쁨을 관중이와 장미와 함께하고 싶었다. 내 능수능란한 거짓말에 관중이는 동지를 만난 듯 진심으로 축하해 주었고, 장미는 나를 불결한 놈 취급했다. 우리의 우정이 이 정도였냐는 신파 조의 연기에 장미는 아예 전화를 툭 끊어 버렸다.

관중이네 집으로 갔다. 관중이 엄마는 집 나간 지 오래고, 아빠는 식당에서 늦게까지 일한다. 주로 관중이 혼자 있는 관중이네 집은 내가 집에서 쫓겨났을 때 숨을 수 있는 비밀 장소이자 지쳐 있을 때 쉬어 가는 휴게소다.

관중이는 가짜 독감 환자인 나를 격하게 환영했다. 집 안 곳곳은 빨간 종이 장미가 가득 피어 있었다. 관중이 눈에 지금 세상은 온통 장밋빛으로 물들어 있는 게 분명했다. 무슨 말을 해도 실실 웃었다. 저 뭉툭하고 못생긴 손으로 어떻게 저런 섬세한 작업을 할 수 있을까. 감탄이 절로 나왔다.

"라면 하나. 배고파 돌아가시겠다."

난 소파에 처박힌 만화책을 보면서 주문했다. 관중이는 종이 장미를 접느라 여념이 없었다. 암만 봐도 덕후 기질이 다분했다.

"손님 대접 좀 해라, 인마!"

"넌 날 종업원으로 생각하는지 모르지만 난 널 손님이라고 생각한 적 없다."

뭔 개소린지. 이럴 땐 비장의 무기를 쓰는 수밖에 없다.

"알았다. 장미한테 그대로 전할게. 친구가 배고파 사경을 헤매는데도 지 할 일만 다 하는 아주 이기적인 새끼라고."

관중이는 군소리 없이 냄비에 물을 붓기 시작했다. 앞으로도 장미 핑계 계속 우려먹어야지, 킥킥!

"달걀 두 개!"

관중이는 달걀을 톡톡 깨 넣고 파까지 송송 썰어 넣었다.

"장미한테 언제 고백할 거냐? 설마 짝사랑만 하다가 끝나는 건 아니겠지?"

관중이가 금세 시무룩해졌다. 나는 뱉은 말을 도로 주워 담고 싶어졌다.

난 장미한테 관중이의 마음을 대신 전하지 못했다. 심한 두피 아토피에, 성적은 중간치, 부모는 별거 혹은 이혼 상태에 가끔 경기까지 일으키는 관중이를 장미가 어떻게 받아들일지 판단이 안 섰다. 미안하다, 친구야. 그래도 딱 한 번 시도는 했다. 장미가 대꾸를 안 하는 바람에 불발로 끝나고 말았지만.

"자, 처묵!"

다행히 목소리가 밝다. 라면 냄새에 가슴까지 뭉클했다. 맛은 당연히 감동이었다.

"설거지는?"

"너의 양심에 따라 행동하라, 피히테!"

얘는 종종 이상한 말을 한다. 뭐가 되려고 저러는지, 걱정이다. 어쨌건 나도 염치라는 게 있으니 설거지는 내 몫.

집으로 가다가 우연히 공원에서 고미를 발견했다. 요즘 사무가 바쁜지 집에서도 통 안 보이던데. 짧게 자른 머리가 아직 어색한지 모자를 꾹 눌러쓰고 있었다. 어? 가만. 고미 표정이 사뭇 진지하다. 어? 남자도 있다. 누구지?

난 도둑고양이처럼 슬금슬금 다가갔다. 고미가 손등으로 눈물을 훔치고 있었다. 그러고 보니 마주 보고 있는 남자는 고미를 버리고 떠난 송준기. 그새 살이 많이 빠졌다. 살만 빠진 게 아니라 스타일도 많이 달라져 있었다. 두꺼운 뿔테 안경도 사라졌고, 아저씨처럼 칙칙하던 옷차림도 아주 캐주얼하게 바뀌어 있었다. 그뿐 아니었다. 침대에서 방금 일어난 것처럼 보이던 베드 스타일은 어디로 가고 머리가 스포티하고 상쾌한 느낌으로 손질되어 있었다. 하라는 공부는 안 하고 몸에 돈만 처발랐는지 더 이상 지질이 오징어가 아니었다.

"제발 내 말 좀 들어 봐, 준기야."

"필요 없어."

이 무슨 해괴망측한 시추에이션? 드라마 찍나? 가만히 보니 준기 형이 최근 고미가 소개팅한 사실을 걸고넘어지면서 절교 선언을 하고 있는 것이었던, 것이었던, 것이었다. 이미 절교했다면서? 밀당 중이었나? 근데 제 주제에 감히 누굴 차? 고미 정도면 차고 넘치지. 기가 찼다. 지금부터 결단코 형이라고 안 부른다.

"저번에 내가 진지하게 사귀자고 했을 때 너 그냥 친구로 지내자고 했잖아. 그래서 소개팅한 건데 웬 간섭? 네가 내 남친이라도 돼?"

고미의 말끝이 살짝 떨렸다.

"떠보려고 그랬어."

준기는 시종일관 무덤덤한 말투였다. 고미는 계속 비굴 모드로 애교를 부렸다.

"그러지 마. 안 어울려. 무섭단 말이야."

순간 팔뚝에 닭살이 쫙 돋았다. 고미의 언행은 점점 부담스러워졌다. 고미는 〈남녀 탐구 생활─심리 편〉을 연구할 필요가 있다.

"실망했어. 이제 네 본심을 알았으니까 그냥 쿨하게 끝내."

저 자식이……. 갑자기 울화가 치밀었다. 고미는 지금 농락당하고 있는 거다. 저딴 자식이 뭐라고. 가서 어퍼컷을 한 방 날리고 싶다. 지근지근 밟아 버리고 싶다.

그런 생각을 하고 있는데 기복 씨를 닮아 생각보다 주먹이 빠른 나는, 결국 사고를 치고 말았다. 무방비 상태로 있던 준기는 억, 하는 신음을 내뱉으며 쿵 쓰러졌다. 꼭 뒤집어진 자라가 버둥거리고 있는 꼴이었다.

"꺼져, 새꺄! 네까짓 게 뭔데 우리 누날 울려!"

순간 고미가 우람한 팔뚝으로 나를 턱 밀어젖혔다. 나는 느티나무에 쿵 등을 박고 주저앉았다. 더럽게 아프다.

고미는 후닥닥 달려가 준기를 일으켜 세웠다. 나한테는 눈길조차 주지 않았다. 빌어먹을, 누가 피는 물보다 진하다고 했나?

고미한테는 물이 피보다 진한 모양이다.

"괜찮아? 미안, 미안. 저 자식이 철이 없어 그래. 네가 좀 이해해라, 응?"

자존심을 헌신짝 버리듯 내팽개친 고미는 거의 애걸복걸했다.

"됐어! 끝이야. 그냥 친구로도 안 봤음 좋겠다."

준기, 아니 그 지질한 새끼는 그 말만 남기고 유유히 떠나갔다. 난 고미가 무안해할까 봐 최대한 아무렇지도 않은 목소리로 툭 내뱉었다.

"안 본 걸로 해 줄게."

"좋은 말로 할 때 꺼져 줄래?"

고미는 비련의 여주인공처럼 흐느끼기 시작했다. 나는 고미 뒤로 멀찌감치 떨어져 서서 걸었다.

축 처진 뒷모습이 안돼 보였다. 나중에 내가 헤어 디자이너가 돼서 고미를 화려하게 변신시켜 주고 싶다. 준기 그 멍청이가 무릎 꿇고 울며불며 만나 달라고 부탁해도 고상하게 거절하고, 목매단다고 협박해도 상관없다고 우아하게 뒤돌아설 수 있게. 그러기 위해선 최우선 과제가 다이어트다. 뜯어보면 고미, 아니 조현미가 그렇게 밉상은 아니다. 뚜렷한 이목구비, 물광 피부, 수박색 틴트를 칠한 것처럼 빨간 입술. 저 저주받은 살들만 어떻게 처리한다면…….

"누나 살만 빼면 진짜 죽이는데. 존잘들이 줄을 설걸?"

접대성 멘트인데 고미는 인정하는 눈치다.

"그리고 딱 보면 몰라? 저 자식, 주제에 딴 여자 생겨서 누나 떼어 내려고 수 쓴 거란 말야. 제발 좀 정신 차려. 나중에 세젤예로 대변신해서 저 자식이 다가오면 그때 멋있게 뺑 차란 말야. 누나 자존심은 누나가 지키라고. 내가 도와줄게."

난 고미 뒤를 졸졸 따라가면서 비위를 살살 맞추었다.

"어린놈의 자식이 뭘 안다고 주둥이를 나불대냐? 내 문제에서 빠져라, 조져 버리기 전에."

"답답해서 그러지이, 답답해서. 쥐뿔도 없는 놈이 뭐가 좋다고."

"자꾸 불난 집에 부채질해라. 그러다가 쥐도 새도 모르게 뒈지는 수가 있다. 콱, 그냥!"

나는 티 안 나게 콧방귀를 뀌었다.

"누나, 그 가방 내가 들어 줄게. 이리 줘."

난 알랑방귀를 북북 뀌면서 푸둥푸둥한 고미의 손을 잡았다.

"더러워! 상관 말고 꺼져!"

고미가 소스라치듯 놀라며 고함쳤다. 어쩌다 한번 함께 외출할 때면 자기는 동생 체면은 눈곱만큼도 생각 안 하고 곁에 착 달라붙어 손도 잡고 팔짱도 끼면서. 그래 놓고 더럽다니, 꺼지라니. 자기가 생각해도 좀 심하다 싶었는지 고미가 슬슬 내 눈치를 봤다.

"근데 너, 이렇게 일찍 웬일이냐? 또 땡땡이냐? 가방 들어 줄 생각 말고 제발 철 좀 들어라, 이놈의 시끼야."

한결 누그러진 말투였다.

"잘 알지도 못하면서. 나, 독감 걸렸단 말야."

순간, 고미가 출렁대는 살들을 데리고 걸음아 나 살려라 뛰어 갔다. 의외의 순발력에 "헐!" 소리가 절로 나왔다. 아까 뱉어 놓은 마음에도 없는 말들을 고미 귓속에서 다 꺼내 오고 싶은 심정이었다.

이왕 이렇게 된 거 엄마한테도 뻥을 치기로 마음먹었다. 집에 도착해 보니, 엄마는 바삐 외출 준비를 하고 있었다. 그리고 우리를 보자마자 약간 쉰 듯한 목소리로 말했다.

"얼른 준비해. 할머니 돌아가셨어."

모종의 거래

빵빵! 기복 씨가 대문 밖에서 클랙슨을 눌러 댔다.

우리는 조용히 기복 씨 차에 올라탔다. 차 안의 공기는 무겁게 가라앉았다. 고미는 그 와중에 팔꿈치로 내 옆구리를 쿡쿡 찔러 대는 보복성 공격을 퍼부었다.

"으악!"

내 비명에도 기복 씨는 잠잠했다. 대신 엄마가 눈치를 주었다.

신종 독감 연극은 진작에 막을 내렸다. 아까 엄마가 부산스레 짐을 챙기고 있을 때, 고미가 경거망동을 하며 이렇게 까발렸다.

"엄마, 저 꼴통 독감 걸렸대."

"어쩐다니. 할머니 마지막 가시는 길인데, 손주가 안 갈 수도 없고, 그렇다고 다른 사람들 전염시킬 수도 없고……."

속으로 쾌재를 부르다가 나중에 후회할까 두려워져 이내 자유를 포기하기로 마음먹었다.

"그래도 가는 게 손자의 도리겠지?"

그렇게 말해도 엄마는 계속 걱정하는 눈치였다. 이실직고하지 않을 수 없었다. 엄마는 한숨 쉬는 게 고작이었고, 고미는 사기꾼이 자신을 능멸했다고 길길이 날뛰었다.

세 시간 걸려 할머니 장례식장에 도착했다. 할머니한테는 죄송하지만 솔직히 크게 슬프지는 않았다. 눈물도 안 나왔다.

할머니한테 정을 느낄 만한 추억은 없었다. 따로따로 살았고, 명절 때도 거의 방문하지 않았다. 기복 씨는 다달이 용돈을 자동 이체하는 선에서 아들 노릇을 했다. 그건 할머니가 할아버지의 두 번째 부인이고 기복 씨의 친엄마가 아니라서 그런 거다.

난 담임한테 할머니가 돌아가셨다고 문자를 날렸다. 진료 확인서는 필요 없게 됐다. 담임한테서 곧바로 문자가 날아왔다.

사망 진단서 1부.

정나미 뚝뚝 떨어지는 그 문자는 바로 삭제했다.

장례식장은 한산했다. 눈물도 곡소리도 조문객도 거의 없는 장례식. 할머니는 쓸쓸하게 인생을 마감했다.

"너, 할머니 기억나?"

고미가 다가와 앉으며 모처럼 진지하게 나왔다.

"아니."

"나는 기억나."

고미의 눈시울에 눈물이 그렁그렁했다. 나는 고미를 다독여 주는 게 영 어색할 것 같아 슬쩍 자리를 피할까 말까 고민이 되었다.

"참 살가운 분이었는데. 먹고 싶은 거 없냐고 물어봐 주고, 주머니에서 꼬깃꼬깃한 돈 꺼내 쥐여 주고, 머리도 쓰다듬어 주고……. 할머니가 불쌍해. 할머니의 인생도 불쌍하고. 마지막 순간, 혼자서 얼마나 무서웠을까. 아, 씨. 주책없이 자꾸 눈물이 나고 그러냐."

얼씨구. 고미가 상복 소매로 눈물을 닦았다. 나는 때때로 저 의외의 감수성이 몹시 당혹스럽다. 하지만 두루마리 휴지를 가져와 코를 팽 풀 때면 여지없이 달아나고 싶어진다. 몸무게와 콧물의 양은 비례했다. 나는 자리에서 벌떡 일어섰다.

"가지 마."

고미가 착 가라앉은 목소리로 말했다. 부탁도 명령조라 기분이 나빴지만 어쩐 일인지 나는 걸음이 떨어지지 않았다.

"그냥 옆에 있어."

도무지 거절할 수 없는 말의 무게가 느껴졌다. 나는 조용히 도로 주저앉았다. 고미는 바닥이 꺼져라 한숨을 쉬었다. 침묵 속에서 시간은 꾸역꾸역 흘러갔다.

얼마 뒤, 고미는 누군가의 전화를 받고 자리에서 일어섰고, 나는 슬쩍 장례식장을 빠져나왔다. 지상 출입구 옆 재떨이 옆에서 기복 씨가 담배 연기를 허공에 뿌리고 있었다. 난 기복 씨를 피해 자판기에서 밀크 커피를 뽑아 마시면서 병원 곳곳을 싸돌아다녔다.

환자복을 입고 좀비처럼 무표정하게 복도를 오가는 사람들이 눈에 띄었다. 죽음은 생각보다 훨씬 가까운 곳에 있나 보다. 나도 언젠가는 눈을 감겠지. 그런데 하고 싶은 거 못 하고 죽는다면, 죽어서도 억울할 것 같다. 최소한 구천을 떠도는 한 많은 귀신이 되는 건 사양이다. 문득 밤하늘을 올려다보았다. 깜깜해서 별이 더 총총 빛났다. 죽으면 별이 된다던데 이왕이면 환하게 빛나고 싶었다.

장례식이 끝나고 우리 식구는 녹초가 되어 집으로 돌아왔다. 엄마는 해쓱한 얼굴에 눈이 떼꾼했다. 기복 씨는 복잡 미묘한 얼굴이었는데, 감정을 좀처럼 읽어 낼 수가 없었다. 고미는 그날의 슬픔을 혼자 다 짊어진 듯 눈까지 퉁퉁 부어 도저히 못 봐줄 지경이었다.

조모상으로 며칠 더 학교를 쉬게 되었다. 슬픔 때문인지, 내

조언에 힘을 입어서인지, 고미는 천지가 개벽할 일을 하고 말았다. 요 며칠 삼시 세끼밖에 안 먹더니 글쎄, 오늘 저녁 단식을 감행한 거다.

"또 다이어트 돌입? 지겹지도 않냐? 이번엔 작심 며칠이나 갈까?"

내 빈정대는 말투에 고미 얼굴은 붉은 파프리카가 되었다. 툭하면 저 욱하는 성질. 별명을 고미에서 욱미로 바꿔?

"이 감정도 없는 인조인간아! 할머니가 돌아가셨는데, 넌 어쩜 그렇냐? 슬픈 표정을 본 적이 없어."

"으으, 완전 진상."

"뭐, 이 시끼야? 이게 눈에 뵈는 게 없지? 콱, 그냥!"

켁켁, 고미가 내 목을 졸랐다. 나한테 이렇게 나올 수는 없다. 난 능지처참을 시켜도 모자랄 준기 놈을 퇴치시켜 준 공이 있지 않은가. 억울함을 풀 길이 없어 소리를 빽 지르니 고미는 더 이상 상대하기도 귀찮다는 듯 좁아 보이는 소파에 벌렁 드러누웠다.

난 하루 종일 컴퓨터를 끼고 살았다. 정체 모를 중압감이 가슴을 짓눌렀다. 그나마 견딜 만한 건 기복 씨의 간섭이 없어졌다는 거. 살다 보니 이런 날도 있다. 엄마가 말을 붙여도 기복 씨는 시큰둥했다. 하지만 언제 또 불똥이 튈지 날벼락이 떨어질지 모르니까 방심하면 안 된다.

기복 씨가 집안일에 소홀해지자 나는 황금 같은 시간에 뭔가

영양가 있는 일을 모색해야 한다는 강박 관념에 시달렸다. 결론은 철철 남아도는 시간에 일단 식구들을 하나씩 포섭해 두자는 것. 믿었던 엄마는 저번에 내 발등을 찍어 실망시켰지만 내가 제대로 보호 본능만 자극하면 내 편을 들어줄 거니까 패스. 목표는 고미다. 기복 씨의 최측근인 고미를 내 편으로 만들어 놓으면 앞날이 훨씬 수월해질 것은 자명한 일. 다행히 고미는 지금 할머니와 준기 때문에 마음이 엄청 혼란스러운 상태. 미끼만 살짝 던져도 덥석 물 게 틀림없다. 고미한테 미끼라면 음식인데, 다이어트하라고 입방정을 떨었으니 어쩐다?

장시간 심사숙고한 끝에 내린 결론은 허심탄회하게 속마음을 털어놓는 거. 고미는 생각보다 여린 구석이 있다. 그걸 이용하는 거다.

다음 날 점심때 라면을 끓여서 고미 방을 방문했다.

"왜 또!"

사람을 완전히 나방파리 취급했다. 하지만 원하는 걸 얻기 위해서는 견디는 수밖에.

"라면 먹어. 누나, 아침도 굶었잖아. 달걀 두 개 넣었어."

"뭐 잘못 먹었냐?"

말투를 보니 슬픔의 늪에서 어느 정도 빠져나온 듯했다. 난 입을 삐죽 내민 채 잠자코 있었다.

"용건 있으면 거기서 말해."

"인생이 걸린 문젠데? 고민 상담 신청하는 거야. 인생 선배인 누나한테. 진심."

"피곤해."

나는 고개를 푹 숙이고 침통한 표정으로 방문을 아주 천천히 닫았다.

"뭔데?"

난 방문을 활짝 열어젖혔다.

"저 구석에 앉아. 라면은 여기 놓고. 더 이상 접근하지 말고."

더럽고 치사했지만 순순히 따랐다.

"빨리 말하고 사라져."

"저번에도 말했지만 준기 새끼, 아니 준기 형 문제는 진짜 누나 위해서 그런 거야. 오해 풀어. 그리고 할머니 죽은, 아니 돌아가신 거는 나도 슬퍼. 진짜야."

"됐고! 용건만 간단히!"

난 마음을 가다듬고 차분하게 말을 꺼냈다.

"누나는 꿈이 뭐야?"

"웬 꿈 타령?"

미끼를 물었으니 본론으로 바로 들어가야 했다.

"먹으면서 들어."

고미가 대답도 하지 않고 라면을 흡입하기 시작했다.

"난 꿈이 있어. 누나도 알겠지만 초딩 때부터 나, 부모님 속만

썩이고 완전 사고뭉치였잖아. 머리 문제 때문에 엄마 아빠 수시로 학교에 불려 가고."

"알지, 그것 때문에 아빠 혈압으로 쓰러질 뻔했잖아."

"근데 하고 싶은 걸 하고 살아야 보람도 따라오는 거잖아. 하고 싶은 것만 해도 짧은 인생이잖아. 난 하기도 싫은 일 억지로 하면서 인생을 허비하고 싶지 않아."

난 거짓말을 살짝 버무려서 연기에 몰입했다.

"나, 부모님한테 떳떳한 아들, 누나한테도 자랑스러운 동생이 되고 싶어. 이렇게 뭔가를 미치도록 해 보고 싶었던 적 없다니까. 두고 봐. 나, 진짜 세계적으로 유명한 헤어 디자이너가 되어서 반드시 성공하고 말 테니까. 누나의 도움이 필요해. 나, 계속 장미 엄마가 하는 미용실에서 틈틈이 공부하고 실전 경험도 쌓을 거야. 그래서 자격증도 딸 거야. 근데 문제가 있어. 누나도 알다시피 아빠가 결사반대하잖아. 나중에 기회 되면 내 입으로 다 말할 테니까, 당분간만 눈감아 줘. 부탁이야."

나도 모르게 가슴이 뜨거워졌다. 누군가에게 내 꿈을 이토록 구체적으로 말해 본 적이 없었으니. 근데 내 뇌 속을 들여다보기라도 한 듯한 저 음흉한 미소는 뭐지? 고미는 라면 국물까지 깔끔하게 처리하고는 냉정하게 말했다.

"준비 많이 했다. 근데 맨입으로?"

고미는 워낙 단순하고 기분파라서 비위만 잘 맞추면 손 안 대고 코 푸는 일도 많다. 근데 그 비위 맞추기가 엄청 비위 상한다. 난 애가 달았다. 이런 경우를 대비해 준비해 뒀던 말을 꺼내야 했다.

"누나 머리 평생 공짜!"

"고작?"

"덤으로 저번에 빌려 간 돈 오만 원 안 갚아도 된다!"

일단은 협상이 시급했다. 뒤처리는 그때그때 사안에 따라 타협하면 된다. 고미로서는 마다할 이유가 없는 파격적인 조건이 잖나? 속은 엄청 쓰리지만 대의를 위한 희생이라고 생각하자.

"진지하게 생각 좀 해 볼게."

감히 튕겨? 이럴 땐 세게 나가야 한다.

"싫음 관둬!"

"아니, 아니. 누가 싫다고 했니? 얘가 성급하기는. 좋아, 대신 여기 각서 써."

"무슨 각서?"

"오만 원 안 갚아도 된다는 거하고, 내 머리 평생 공짜."

생긴 거답지 않게 꼼꼼하기는.

"못 할 거 없지. 대신 누나도 써. 약속 어기고 또 입방정 떨었다가는 돈은 두 배로 물어내고, 남매 인연은 그날로 끝장이라고."

"야, 너무 살벌한 거 아냐? 차라리 조직의 쓴맛을 보여 준다고 하지, 왜?"

고미와 나는 흡족한 기분으로 서명을 하고 안방에서 인주를 가지고 와 지장까지 꾹 눌러 찍었다. 그때부터 고미와 나의 의기 투합은 시작되었다. 견원지간 남매 역사상 가장 기념비적인 이변이었다.

세상이 한층 밝아진 기분이었다. 나는 수시로 인터넷으로 미용 관련 정보를 검색하고, 헤어 스케치를 하고, 해도 해도 지겹지 않은 인생 계획을 세워 보기도 했다. 그러다 보면 시간은 64배속으로 지나가는 느낌이었다.

자정을 넘긴 시각, 냉장고 문을 열었다. 군것질거리가 없었다. 생라면을 꺼내 부숴 먹으면서 케이블 방송 영화 채널을 틀었다. 마침 팀 버튼 감독의 영화 〈가위손〉이 막 시작된 참이었다.

손가락 대신 가윗날을 달고 태어난 비운의 주인공 에드워드. 괴물 같은 모습을 하고 있지만 가위질만큼은 현란하다. 에드워드가 손 가위를 대면 모든 게 판타스틱해진다. 비슷한 헤어스타일을 하고 비슷한 정원이 있는 집에서 개성이라고는 1도 없이 살아가던 사람들이, 에드워드를 만나 점점 달라지기 시작한다. 사람들은 하나같이 에드워드에게 머리나 나무 좀 매만져 달라고 줄줄이 비엔나처럼 줄을 선다. 완전 인기 절정. 그런데…….

나는 어느덧 영화 속에 빠져들었다. 심장이 두근거리고 가슴이 아프고 눈시울이 뜨거워졌다. 영화가 끝나고 엔딩 크레디트가 다 올라갈 때까지 그대로 앉아 영화 속에서 헤어나지 못했다.

에드워드의 말이 머릿속에서 떠나지 않았다.

"전 미완성이에요."

나 역시 그렇다. 어쩜 영원히 그럴지도 모르겠다. 에드워드는 타고난 악조건, 누명, 생명의 위협을 무릅쓰고 사람들을 행복하게 해 주었고, 사랑을 지키려 애썼다. 결국 외딴 성으로 쫓겨갔지만 자기만의 정원을 가꾸며 살아간다. 그건 거의 완성에 가까운 미완성이다. 어쩐지 그 자체로 아름다워 보인다. 모든 게 완벽하면 너무 비인간적이잖아.

눈을 감자 파릇파릇한 정원에서 동네 사람들의 머리를 손질하는 에드워드가 보인다. 바람과 햇살을 느끼며 혼신의 힘을 다해 머리를 손질하는 에드워드. 그리고 사람들의 행복한 표정.

순간 에드워드는 나였고 나는 에드워드였다. 엔도르핀이 샘솟는다. 몸이 가볍고 짜릿해 웃음이 절로 나온다. 해가 지고 축제의 시간이 다가오자, 나는 신들린 듯한 손놀림으로 얼음 조각상을 깎아 나간다. 조각상에서 떨어져 나온 얼음 조각이 눈발처럼 흩날린다. 밤하늘 아래 부드러운 음악이 흐르고, 화려한 조명이 점점이 켜진다……. 엄마랑 기복 씨랑 고미랑 장미랑 원장님이랑 관중이가 눈송이 속에서 뱅뱅 돌며 춤을 춘다. 환상적이다. 나는 행복을 주는 가위손이다. 심장이 몹시 두근거린다.

"뭐 좋은 꿈 꿨어?"

눈을 뜨니 아침. 엄마가 잠을 깨우며 빙긋이 웃는다.

"응?"

"자면서 빙그레 웃길래."

"그런 게 있어."

"밥 먹어."

나는 용수철처럼 벌떡 일어났다.

진수성찬에 산해진미가 아니어도 아침 밥맛은 꿀맛이었다. 학교에 안 가고 나 하고 싶은 거 하며 지내니까 시간은 쏜살같이 지나갔다.

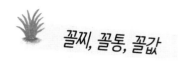

꼴찌, 꼴통, 꼴값

새벽 5시에 눈이 떠졌다. 눈을 반쯤 감은 채로 거실에 나가 보니 기복 씨가 창밖을 내다보고 서 있었다. 뭔가 냄새가 난다. 불길하다. 사업이 안 되나? 사기를 당했나? 아니면 불륜에 빠졌나? 만에 하나, 집안이 쫄딱 망해 어디 지하 단칸방에 세 들어 살아야 한다면? 그럼 내 계획은 전면 수정되어야 할지 모른다.

집안 사정이야 어떻든 내 살길만 찾고 보는 싹수 노란 놈은 아니다, 난. 주유소나 편의점, 피시방 같은 데서 알바를 뛰거나, 그것도 안 되면 새벽같이 일어나 신문이나 우유 배달이라도 해야지. 여차하면 학교를 그만둬야 할지도 모른다. 그건 내가 바라던 바니까 걱정 안 한다.

한데 영영 헤어 디자이너의 꿈을 접어야 하는 최악의 상황이라면? 상상도 하기 싫었다. 쓸데없는 걱정 할 시간에 똥이나 싸자. 똥과 함께 내 속에 있는 온갖 지저분한 생각들도 함께 싸자. 난 기복 씨의 쓸쓸한 어깨를 외면하고 화장실로 들어갔다.

학교 가는 길. 절정을 향해 치닫던 찜통더위가 태풍 소식에 주춤했다. 어제까지만 해도 후텁지근했던 바람이 지금은 피부에 선선하게 와 닿았다. 플라타너스 이파리가 바람에 넙데데한 뺨을 맞고 마구 흔들렸다.

순간 눈에 익은 헤어스타일이 눈에 쏙 들어왔다. 쇼트커트, 떡 벌어진 어깨, 어딜 보나 장군감 장미다. 장미의 헤어스타일은 미용실 원장님이 엄마라는 사실이 도저히 믿기지 않을 정도로 센스가 바닥이다. 개복 씨가 추구하는 여학생 헤어스타일의 완벽한 재현이다.

"장군아!"

장미는 대꾸도 하지 않고 앞만 보고 걸어갔다. 새벽에 본 기복 씨의 어깨와 많이 닮았다. 난 장미에게 달려가 어깨에 팔을 턱 걸쳤다. 장미는 나를 거들떠보지도 않고 양쪽 어깨를 털어 냈다.

"무슨 일 있냐?"

장난스럽게 팔꿈치로 툭툭 밀며 물어봐도 묵묵부답.

"오늘 같은 날 무인도로 여행이나 갔으면 소원이 없겠네."

혼잣말을 해도 장미는 고장 난 로봇처럼 뚜벅뚜벅 걷기만 했다. 평상시 같으면 "놀러 갈 궁리만 하지 말고 공부 좀 해라, 이 새대가리야!" 하며 농담이라도 던졌을 텐데.

"아, 답답해. 진짜 뭐 때문에 그러는데?"

"어제 악몽 꿨어."

장미가 길바닥에 뒹굴고 있던 빈 캔을 확 밟았다.

"자주 꿔, 그 인간 꿈. 잊히지도 않아. 아니, 더 또렷해져. 지겨워."

그 인간이라면 장미랑 장미 엄마를 헌신짝처럼 버리고 떠난 아빠? 최근 몇 년간 장미는 아빠라는 말을 입에도 올린 역사가 없다.

"아, 이런 말 하는 거 존심 상해."

장미를 살짝 안아 주고 싶다. 물론 친구로서. 위로가 된다면 우리 집 기복 씨라도 장미한테 양보하고 싶은 심정이다.

개복 씨가 없는 교문을 무사통과했다. 아침 자습 시간, 미용사 자격증 문제집을 풀다가, 관중이를 따라 종이 장미를 접다 포기하고, 피곤해서 잠시 엎드려 있었다. 잠이 스멀스멀 몰려오는데 갑자기 내 금쪽같은 구레나룻이 뜯겨 나갈 것처럼 아팠다. 놀라 일어나 보니 담임이었다.

"교무실로 따라와!"

학기 초에 잠잠했던 담임은 요즘 학생들, 특히 나를 괴롭히는 데 열을 올렸다. 부인이랑 싸웠나? 주식 투자하다 엄청 손해 봤나? 왠지 집에서 쌓인 스트레스를 학교에서 푸는 것 같다.

"야, 인마, 거의 일주일씩이나 탱자탱자 놀면서 어떻게 머리에는 손도 안 댈 수가 있나?"

하면서 주먹으로 머리통 한 대.

"바빴는데요."

"개 풀 뜯어 먹다 토하는 소리 하고 자빠졌네. 그래, 뭐 때문에 공사가 다망하셨는지요?"

공사가 다 망한 게 뭐지? 그냥 가만히 있자 담임이 믿음이 안 간다는 눈으로 노려봤다.

"독감 옮길까 봐 집에 가만히 있었는데요."

"피시방에서 신나게 게임하는 거 목격한 사람 있는데?"

괜히 떠보는 거다. 꼰대들의 수법은 너무 고리타분하다. 강하게 나가야 한다.

"누가 그래요? 할머니 장례식 빼고는 집 밖에 나간 적 없는데요. 억울합니다."

내 알리바이에 담임은 잠깐 동안 꿀 먹은 벙어리가 되었다.

"네 똥 굵다. 알았어. 가 봐."

담임은 말문이 막히면 꼭 저렇게 말한다. 똥에 얽힌 비화가 있는지도 모른다. 혹시 피똥? 치질? 생긴 거하고 딱 어울린다.

"그렇게 튀고 싶냐? 인생 목표가 폼생폼사야?"

담임은 가라고 하고 꼭 한마디를 덧붙이는 나쁜 습관이 있다.

어쨌건 난 폼에 사는 건 맞지만 폼에 죽는 미련한 놈은 아니다.

"벌점 엄청나던데. 너, 결석 때문에 연기됐던 선도위원회 다음 주에 다시 열린다."

담임은 나를 선도위원회에 넘기는 게 자신의 사명이라고 생각하는 것 같다. 선도위원회에 보내면 학생 두당 수당이라도 받나? 그럴지도 모르지.

그날 하루 종일 개복 씨를 피해 다니느라 머리가 아팠다. 똥을 안 밟으려면 피해 다니면 된다. 하지만 피한다고 다 해결되는 건 아니다. 그런 생각을 할 때마다 불쑥불쑥 화가 치밀었다.

방과 후, 개복 씨가 체육복 차림으로 교문을 지키고 있었다. 난 몸을 최대한 낮추고 개복 씨의 시선이 닿지 않는 주차장 쪽으로 잠입했다. 그러고는 앉은걸음으로 식당 벽을 끼고 학교 건물 뒤쪽으로 가 담벼락을 넘었다. 첩보 작전을 방불케 했다.

교문 쪽을 돌아보니 개복 씨가 지나가는 애들한테 공연히 시비를 걸고 있었다. 저게 삶의 낙인가. 그새 수양버들은 잎이 더 무성해져 엄청 볼썽사나웠다.

주차된 트럭 사이드 미러에 얼굴을 비춰 보았다. 요즘따라 스타일링이 영 어렵고, 맘에 안 든다. 그래, 자르자, 잘라. 절대 개복 씨나 담임의 강요에 굴복해서가 아니다.

로즈 헤어숍에 들어가니 원장님이 나를 친자식처럼 반겨 주었다.

"얘기 들었어. 독감 걸렸었다며? 지금은 괜찮고?"

"아, 네, 뭐."

나는 대충 얼버무렸다.

"그래, 어떻게 해 줄까?"

파마기는 대충 다 빠졌고, 염색은 머리끝에만 남아 있어 살짝만 커트하면 문제 될 게 없을 듯했다. 나는 원장님에게 잡지 속 모델 사진을 보여 주며 그 정도로 뒷머리를 쳐올려 달라고 주문했다.

"앞머리는 비대칭으로 하고 요만큼은 브릿지 넣어 주세요. 왼쪽 귀 위로 스크래치 두 개 내 주시고요."

이건 다른 애들과 다르게 보이기 위한 나만의 처절한 몸부림이다. 그렇게라도 나 자신을 표현하지 않으면 나는 내가 아닌 여러 학생 중 하나가 된다. 그건 김빠진 콜라 같아 싫다.

"자꾸 그러다가 완전히 눈 밖에 나는 거 아냐?"

"벌써 찍히고도 남았죠."

"학교 가는 게 악몽이겠네."

"다른 애들하고 똑같은 헤어스타일을 한다는 게 더 악몽이에요."

"못 말려."

정들었던 머리칼이 싹둑싹둑 잘려 나갔다. 나는 눈을 질끈 감았다. 한참 뒤, 원장님 손길이 멈췄다. 눈을 떴다.

"어때? 인물도 인물이지만 창대는 두상이 예뻐서 뭘 해도 세련돼 보여."

머리를 감고 수건으로 물기를 닦아 냈다. 뭐, 내가 봐도 나쁘진 않았다.

이제 이순신 장군님의 유비무환 정신을 실천할 차례. 집에 도착하자마자 인터넷으로 학생 인권과 관련된 기사를 찾아 읽어 보았다. 내 인생과 직결되어 있어서 그런지, 학교 수업과 달리 내용이 머리에 쏙쏙 들어왔다.

그러고 나서 비공개로 만든 내 페이스북 페이지 '가위손의 재림'에 들어갔다. 그간 올려 둔 헤어 스케치를 하나하나 클릭해 가며 보완할 점을 기록해 두었다. 독특한 헤어스타일로 주목받는 연예인들의 사진도 퍼 날랐다. 추가로 간단한 별점 평가. 그런 일을 하고 있으면 시간은 쏜살같이 지나간다.

이튿날부터 개복 씨가 출근하기 전에 학교에 도착했다. 내 머리를 보고 담임은 어느 정도 만족스러워하는 것 같았다. 개복 씨의 반응이 궁금했지만 난 하루 종일 똥을 피해 다녔다. 그렇게 며칠 무사히 보냈다. 이런 상태로 졸업식까지 간다면 정말이지 더 바랄 게 없겠다.

월요일 아침이었다. 교실에 들어서니 관중이가 먼저 와 있었다. 관중이는 사교성이 거의 제로에 가까워서 사람 붐비는 걸 유

난히 싫어한다. 그래서 가급적 애들이 몰리는 등하교 시간을 피한다. 관중이가 일찍 와서 하는 일은 주로 종이 장미 접기나 밀린 잠 보충.

난 자리를 잡고 앉아 새로 구입한 미용사 자격시험 문제집을 펼쳤다. 이론과 실력을 겸비한 완벽한 십 대 헤어 디자이너 탄생! 미용 잡지에 내 얼굴이 대문짝만하게 나올 그날을 위해 노력해야 한다. 형설지공이나 주경야독까지는 아니지만 이 시간만큼은 눈에 불을 켜고 공부했다.

10분쯤 지났을 때, 복도 쪽에서 개복 씨의 목소리가 들렸다. 관중이가 겨울잠에서 깨어난 듯 기지개를 켰다. 나는 잽싸게 형광등을 끄고 관중이를 뒷문 쪽으로 질질 끌고 가 납작 엎드렸다. 기습 공격인가. 될성부른 나무를 떡잎부터 잘라 버리려는 수작이다. 어쩐지 국가적인 음모가 도사리고 있는 것 같다. 그렇다면 혹시 개복 씨가 비밀 요원? 콧방귀가 새어 나왔다.

개복 씨 발자국 소리가 교실 앞까지 다가오다가 멈췄다.

"조창대, 나와라, 오버!"

술래가 숨은 아이를 찾았다는 듯이 확신에 찬 목소리. 말에서 운율까지 느껴졌다. 이럴 땐 자진 납세하는 게 신상에 이롭다.

난 교실 문을 드르륵 열고 브릿지와 스크래치가 안 보이게 옆을 보고 섰다. 동쪽 복도 끝에서 장미가 우두커니 서서 무표정하게 나를 바라보고 있었다. 어쩐지 요즘은 통 웃는 얼굴을 못 본 것 같다.

"오랜만이다. 반가워. 난 그동안 네가 자퇴했나 했다."

개복 씨가 마스크를 쓴 채 말했다. 미소를 볼 수 없다는 게 그나마 위안이 되었다.

"그래, 정신 좀 차린 모양이지? 일찍 와서 공부도 다 하고."

개복 씨가 느끼한 목소리로 말했다. 내 책상 위에 놓인 미용사 자격증 문제집을 영어 문제집쯤으로 착각했나 보다.

"머리가 좀 얌전해졌다. 근데 이 앞머리……. 아니다. 그래, 이 정도면 됐다. 감동의 도가니다."

느물거리는 말투가 역겨웠다. 나는 영혼 없이 인사하고 아무 생각 없이 돌아섰다. 앗, 실수를 알아챈 순간 들키고 말았다.

"잠깐 잠깐 잠깐. 이건 뭐지? 하룻밤 새 여기만 서리가 내렸나? 이 삐딱선은 또 뭐지?"

저 욕심의 끝은 어디인가. 아예 반삭을 해야 직성이 풀리려나.

"학생이면 학생답게. 처음 듣냐? 그 정도 말했으면 귀에 딱지가 앉았을 텐데. 너 한 명 허용하면 파급 효과가 얼마나 큰지 모르지? 나, 그렇게 앞뒤 꽝꽝 막힌 사람 아니다. 그런데 웬만해야지. 너 때문에 골치가 너무 아파 돌아가시겠다."

나는 찍소리 안 하고 들어 주었다. 개복 씨는 자기 말발이 먹히는 줄 알고 신나서 주절대기 시작했다.

"두발 자율화와 두발 자유화는 엄연히 달라. 두발 자유화돼 봐. 학생이, 그것도 남학생이 머리 치렁치렁하게 기르고 빨간색 노란색 초록색 염색하고 뽀글뽀글 파마하고……, 그건 좀 아니지 않냐? 그런 것까지 허용하면 범죄 청소년이 백발백중 늘어나게 되어 있어. 불 보듯 뻔해. 그래서 학교에서는 어느 정도 선에서 두발 규제를 하는 거고."

애들이 한 명 두 명 교실로 들어서고 있었다. 개복 씨는 그러거나 말거나 쓰잘머리 없는 말을 이어 나갔다.

"두발 규제는 몇 십 년 전부터 이어 온 일종의 사회적 전통이야. 사람들 모두 암묵적으로 동의를 한 거고. 두발 자유화해 봐? 그럼 인근 주민 시선부터 안 좋아져. 너, 우리 학교 보고 완전 날라리 학교라고 그러면 기분 좋아? 그리고 인마, 나중에 졸업하면 이것도 다 추억이야. 몇 번을 말해?"

우려먹을 대로 우려먹은 녹차 티백 같은 원론적인 이야기. 개복 씨는 비교적 차분한 음성으로 그럴듯한 논리를 내세웠으나 난 납득할 수 없었다. 완전 두발 자유화가 시행된 역사도 없는데 자유화하면 범죄 청소년이 늘어난다고 확신하는 것부터가 어불성설이다. 일제 총독부와 군부 독재가 만든 사회적 전통을 자랑스럽게 생각하는 개복 씨가 안쓰럽기까지 하다. 다 얼마 전 인터넷으로 공부했던 거다.

"그러니까 결론은 다시 머리 이쁘게 다듬어 오라는 거. 요거 요거 요거!"

개복 씨가 내 브릿지 넣은 머리카락을 잡아당기고 스크래치 낸 부분을 막대기로 쿡쿡 찌르면서 말했다. 자존심이 팍 상했다.

"최대한 양보한 건데요. 아, 진짜. 이게 뭐 어디가 어때서 그러는데요!"

그때였다. 개복 씨 얼굴에 경련이 일었다. 인내심의 한계에 다다른 것 같았다.

"요것 봐라. 싸가지 쌈 싸 먹었나, 이 새끼가."

개복 씨는 교무 수첩을 꺼내 뭔가를 끼적대며 입으로 구시렁구시렁했다.

"집에서 애를 어떻게 키웠길래, 쯧쯧쯧쯧. 그 부모는 안 봐도 비디오다."

평소 효심이 지극한 것도 아닌데, 그 말에 갑자기 울컥했다.

"이건 인권 침햅니다."

개복 씨가 콧방귀를 뀌며 다가오더니 "뭐야? 인권?" 하고 되물었다.

"이 자식이 오냐오냐해 주니까, 똥오줌을 못 가리네."

개복 씨의 언성이 높아졌다. 흥분했는지 말까지 빨라졌다. 순간 개복 씨를 자극해서 이성을 잃게 만들어야겠다는 생각이 들었다.

"그럼 학교는 왜 다녀, 인마. 그렇게 자유가 좋으면 그냥 학교 때려치워!"

나는 일단 시건방진 모습을 연출하기 위해 짝다리를 짚고 입바람을 후 불어 앞머리를 날렸다. 껌이 없어서 아쉬웠다.

"내 맘이니까 상관 마세요."

나는 썩소를 지으며 말했다. 불량기 줄줄 흘러넘치는 말투, 괜찮다.

"뭐, 뭐, 뭐, 뭐야? 이런 간이 배 밖으로 튀어나온 새끼가 있나!"

"아, 씨, 진짜. 졸라 빡쳐. 어쩌라고, 어쩌라고!"

나는 괴성에 가까운 소리를 지르며 한 걸음 앞으로 다가갔다. 이제 난 선생님들한테 천하에 재수 없고 얌통머리 없는 놈으로 낙인찍힐 거다. 두발 상태만 불량한 줄 알았더니 뼛속 깊이 불량이라고.

"뭐, 씨, 졸라, 빡쳐?"

경험상 선생님들은 했는데 안 했다고 끝까지 우기는 걸 제일 싫어한다. 나는 그걸 실행에 옮겼다.

"안 그랬는데요."

"방금 그랬잖아, 인마!"

예상대로 개복 씨 머리에 스팀이 올라오는 것 같았다. 나는 여세를 몰아 내 배로 개복 씨의 배를 툭 밀었다. 개복 씨는 한 걸음 주춤 물러났다. 얼굴에 당황한 기색이 역력했다. 목덜미까지 시뻘게져 있었다.

"국가인권위원회에서 내린 판단……"

본격적으로 인터넷에서 찾아 외운 걸 써먹으려는 참이었다. 순간 철썩하는 소리가 나더니 얼굴이 홧홧 달아올랐다. 개복 씨가 내 귀싸대기를 후려갈긴 거였다. 귀에서 윙 소리가 들렸다. 교실 쪽을 보니 관중이가 손가락으로 동그라미를 만들며 오케이 사인을 보냈다. 동영상 촬영을 부탁해 놓은 보람이 있었다.

"이런 골 빈 새끼. 대갈빡에 똥만 가득 든 놈의 새끼. 너 같은 새끼는 아마 파마 염색하는 게 교칙이라면 당장 파마 염색 풀 걸? 뻔할 뻔 자야. 이 정신 빠진 꼴통 새끼!"

개복 씨는 이성을 완전히 잃은 모습이었다. 원하던 바였다.

"두발 단속은…… 명백한 인권 침해라고……."

난 나도 모르는 새 감정이 복받쳐서 울부짖었다. 희멀건 콧물까지 질질 흘러나왔다. 이건 시나리오에도 없던 건데…….

"교사의 지시에 불응하거나 불손한 태도를 보이는 행위, 벌점 5점 추가. 최단 시간 내 벌점 총 40점 경신. 신기록이다, 신기록!"

개복 씨가 기계음 같은 목소리로 외쳤다.

"헤어스타일 맘대로 하는 게 그렇게 나쁜 거예요? 그게 흡연보다 음주보다 학교 폭력보다 왕따보다 나쁜 거예요?"

나는 울음을 그치고 고래고래 고함을 질렀다.

"아주, 꼴값을 떨어라, 꼴값을."

"그깟 벌점 백 점 천 점 만 점 주세요! 나, 안 참아요. 청와대 신문고에 학교 폭력으로 올릴 테니까 각오해요, 씨!"

나는 복도가 쩌렁쩌렁하게 소리를 질렀다. 그래도 분이 안 풀렸다.

"꼴값요? 원한다면 떨어 줄게요. 이왕 떠는 거 실컷! 제대로!"

이 말은 진심이었다. 내 꼴에 맞는 값어치 반드시 하겠다 이 말씀이다. 꼴찌에 꼴통 취급 받지만 반드시 내 꼴값을 하겠다. 복도는 구경 나온 애들로 발 디딜 틈이 없었다.

"비켜, 씨발!"

나는 관중이와 하이파이브를 했다. 관중이한테 휴대폰을 건네받은 나는 개복 씨 앞에 다가가 동영상을 재생시켰다.

"경찰서에서 봅시다!"

나는 회심의 미소와 함께 치명적인 일격을 날렸다. 그때였다.

"내일 모레 선도위원회에서 두고 보자."

개복 씨가 낮게 으르렁거리고 등을 돌렸다. 순간 상상의 늪에 빠졌던 나는 현실로 돌아왔다. 허무했다.

교실 헤어쇼

5교시, 태풍은 비껴갔는지 바람이 잠잠해졌다. 아침에 들끓어 올랐던 분노도 조금씩 사그라졌다. 바람과 햇살은 머릿결을 어루만지며 졸음을 불러왔다. 의식과 무의식의 나른한 경계, 주머니에서 윙 하고 진동이 왔다. 난 책상 밑으로 슬그머니 휴대폰을 꺼내 보았다. 대출 광고 문자 메시지였다. 당장이라도 연결해서 천만 원 대출 받고 그 돈으로 미용 공부나 실컷 했으면 좋겠다. 아쉬움을 뒤로하고 어딘가에 헤매고 있을 졸음의 끈을 찾고 있는데, 검은 그림자가 내 옆에 머무는 느낌.

"이리 내."

도덕 선생님이었다. 학교에서 유일하게 나를 인간 대접해 주는. 다른 선생님들은 내가 책상에 엎드려 잠을 자도 더 이상 간섭하지 않는다. 수업 방해 안 하고 그냥 자 주는 것만 해도 감지덕지라고 생각하는 것 같다. 꼭 스팸 문자가 된 기분이다.

그런데 도덕 선생님은 다르다. 여전히 내 등을 두드려 주고, 가끔은 내 어깨를 주물러 주고, 아주 가끔은 내 헤어스타일이 죽인다며 빈말을 하기도 한다. 수업 듣기 싫으면 자지 말고 차라리 미용사 자격시험 공부라도 하라고 배려해 주기까지 한다.

"노래 한 곡 뽑으면 돌려준다."

도덕 선생님의 엉뚱한 제안에 애들은 박수부터 쳤다.

"저, 노래 못하는데요."

"그럼 교칙에 따라 벌점 7점에 휴대폰 압수 5일?"

"부르면 돌려주는 거 맞죠?"

"일단 들어 보고!"

난 큼큼 목을 가다듬었다. 애들이 다시 환호를 보냈다.

"사나이로, 태어나서,"

〈진짜 사나이〉. 기복 씨가 술만 취하면 부르는 군가다. 한쪽 발을 까딱까딱, 한쪽 팔을 휘저으며 기복 씨가 하던 것처럼 율동까지 곁들여 보지만 어째 맥 빠진 목소리는 전혀 사나이답지가 않다. 애들이 지우개와 종이뭉치를 던졌다. 난 휴대폰을 되찾겠다는 일념뿐이었다.

"할 일도 많다만, 너와 나, 나라 지키는, 영광에 살았다."

이제 애들의 야유와 비난은 도를 넘어섰고 도덕 선생님은 그 난장판을 즐기고 있었다. 이마와 등줄기에 진땀이 났다.

"전투와, 전투 속에, 맺어진 전우야. 산봉우리에, 해 뜨고, 해가 질 적에,"

다 끝나 간다, 조금만 더. 정신이 아찔했지만 난 이를 악물었다. 눈도 질끈 감았다.

"부모 형제, 나를 믿고, 단잠을 이룬다."

휴, 다 끝났다. 나는 도덕 선생님 앞으로 공손히 두 손을 내밀었다.

"너도 애들 반응 봤잖아. 기회 한 번 더 준다."

애들은 수업을 하지 않는다는 이유만으로 내 독무대에 대찬성을 보내고 있었다. 현진이를 비롯한 몇몇 애들은 이어폰을 끼고 영어나 수학 문제집을 풀기 시작했다. 이럴 때 엇나가면 나만 손해. 어쨌든 교칙을 어긴 건 나고 지금 칼자루를 쥐고 있는 사람은 선생님이니까.

"그럼 헤어쇼 보여 드릴게요."

내 제안에 애들이 환호하자 도덕 선생님도 고개를 끄덕였다.

주머니에서 가위와 빗을, 가방에서 왁스를 꺼냈다. 나한테 교과서와 학용품은 선택 물품이지만 가위와 빗과 거울은 필수품이다.

"모델 한 명 필요해요."

애들의 시선이 일제히 관중이 쪽으로 몰렸다.

"땜빵, 땜빵!"

관중이가 머리를 긁적대며 교단으로 나왔다. 내 휴대폰을 위해 기꺼이 희생양이 되어 준 관중이에게 올해의 우정상이라도 바치고 싶다.

"박수!"

난 자연스럽게 박수를 유도했다. 우레와 같은 박수와 함성. 나는 세계적인 헤어쇼의 피날레 무대에 선 것 같은 상상에 빠져들려고 영혼까지 끌어모았다. 애들은 잔뜩 기대에 찬 눈빛이었다.

먼저 통합 탁자 안에 있던 신문지 가운데를 뻥 뚫어 관중이에게 씌웠다. 이어 신종 독감 예방 차원에서 각 반에 하나씩 배당된 손 소독제를 분무기로 생각하고 관중이의 머리를 빗질하며 칙칙 뿌리는 시늉을 했다. 그러고는 본격적인 커트에 앞서 왼손에 빗을 쥐고 오른손에 가위를 쥔 채 간단한 춤을 선보였다. 어느새 교실은 흥분의 도가니.

그 기세를 몰아 현란한 손놀림과 함께 커트에 들어갔다. 애들 입에서 탄성이 새어 나왔다. 도덕 선생님도 떡 벌어진 입을 다물지 못했다. 난 관중이의 곱슬머리에 몰입하기 시작했다. 빗질을 하며 뒷머리 옆머리 앞머리 순으로 머리끝을 거침없이 쳐 나갔다. 중간중간 가위를 빙빙 돌리면서. 공중 묘기를 부리는 비행기처럼 자유자재로 움직이는 가위의 움직임에 관객은 연방 혀를 내둘렀다.

이윽고 커트가 끝나자 칠판지우개를 헤어드라이어 삼아 머리카락을 털어 내고, 왁스로 스타일을 살려 냈다. 그리고 다시 가위를 빙빙 돌리면서 신공에 가까운 헤어쇼를 마무리!

순간 여기저기서 기립 박수가 터져 나왔다. 현진이마저 나를 보다가 급하게 시선을 돌렸다. 애들의 폭발적인 반응에 도덕 선생님도 순순히 휴대폰을 돌려주었다.

"조창대! 헤어숍!"

애들은 조창대 헤어숍의 번창을 기원하는 의미로 열렬히 환호해 주었다.

"마이 네임 이즈, 가위손!"

난 흥분을 감추지 못하고 손가락으로 승리의 브이 자를 만들며 외쳤다.

"가위손! 가위손!"

그때부터 난 명실공히 가위손이 되었다. 도덕 선생님은 다른 반 수업에 방해되니까 얼른 앉으라고 난리였다. 곧 마치는 종이 울렸다.

쉬는 시간에 애들이 내 주위로 몰려들어 다음은 제 차례라고 난리법석을 떨었다. 나는 그 영광의 기쁨을 모델과 함께 나누고자 했지만 관중이는 슬쩍 자리를 피했다.

"좋냐? 새대가리."

한껏 고조된 분위기에 초를 치는 녀석이 있었으니, 바로 현진이었다. 녀석의 말투에는 뭇사람을 아랫것으로 취급하는 뉘앙스가 풍긴다.

"참견 마시고 그냥 꺼져 줄래?"

"그렇게 흥분할 필요 없잖아."

거참, 흥분 안 했는데 흥분했다고 하니까 진짜 흥분되네. 아니다, 프로라면 이런 때일수록 냉정해야 하는 법.

"왜? 너도 나한테 머리하고 싶냐? 좀 곤란한데. 예약이 많이 밀려 있어서 말이야. 참고로 그 쭈뼛쭈뼛한 고슴도치 머리는 대책이 없어. 작년에는 귀두컷으로 이름을 날리더니 이번엔 삼묵컷이냐? 머리는 포기했고, 정 아쉬우면 서비스로 겨털이나 자털좀 잘라 줄까?"

눈에는 눈 이에는 이다. 현진이 얼굴이 붉으락푸르락 야단도 아니었다. 막혔던 변기가 뚫린 것처럼 통쾌했다.

"지가 무슨 유명 헤어 디자이너라도 되는 줄 아나? 유세 떠는꼴, 유치해서 못 봐 주겠네."

현진이는 혼잣말처럼 구시렁댔지만 너무 크게 들렸다. 난 현진이가 꼼짝 못 할 한마디를 쏘아붙였다.

"야, 전교 부회장! 우리 휴대폰 어떻게 되는 거냐?"

예상대로 현진이 표정은 경직되었다. 현진이는 전교 부회장으로 출마할 당시 선거 유세에서 수업 시간 외 휴대폰 사용 자유화를 외쳤다. 애들은 열광했고 전폭적인 지지에 나섰다. 하지만 당선 후 몇 개월이 지난 지금 휴대폰 사용 규정은 더 까다로워졌다. 학교 측은 아예 휴대폰 수거용 가방을 구비시켜 아침부터 수업이 끝날 때까지 보관해 두라고 종용했다. 당연히 애들한테 불평불만이 터져 나왔지만 학생회는 모르쇠로 일관했다. 그 가증스러운 얼굴에 꿀을 끼얹고 벌집을 건드리고 싶다.

"탄핵당하고 싶지 않으면 지랄 떨지 마라."

현진이는 말 한마디 못 하고 급히 교실을 빠져나갔다. 그 뒤꽁무니에 대고 난 주먹을 쥔 채 가운뎃손가락을 쫙 펴면서 계속 소리를 질렀다.

"주제넘게 나대다가 꼴좋다. 그니까 네가 친구가 없는 거야, 얍삽한 새꺄! 누가 성공할지는 십 년 뒤에 두고 보자고!"

복도 창밖으로 얼굴을 쓱 내밀며 한마디 더 덧붙였지만, 현진이는 급히 이어폰을 끼고는 못 들은 척 종종걸음을 쳤다. 몇 분 뒤, 녀석은 회심의 미소를 지으면서 다시 나타났다.

"수업 다 마치고 교무실로 오래. 너를 무지 총애하는 견우식 선생님이."

그러고는 자리에 앉자마자 문제집 푸는 기계로 돌변했다. 나는 측은한 마음에 혀를 차 주었다.

청소 시간에 개복 씨한테 갔다. 개복 씨는 다시 부드러운 미소를 띤 가면을 쓰고 있었다.

"담임 선생님께 들었지? 선도위원회. 부모님께는 이미 연락했다. 혹시 깜빡하실까 봐 노파심에 말하는데, 오늘 꼭 다시 한 번 말씀드려. 가 봐."

고작 그깟 걸 당부하려고 교무실까지 오라 가라 하다니, 허무하고 황당했다. 아, 개복 씨하고의 전쟁이 지겹다, 지겨워.

간이 커질 대로 커진 나는 청소와 종례를 건너뛰고 교문을 나섰다. 수양버들의 긴 머리칼이 내 뺨을 후려갈기는 것 같았다.

로즈 헤어숍으로 갔다. 그동안 이런저런 핑계로 뜸했다. 난 죄송한 마음에 바닥에 수북한 머리칼을 바지런히 쓸어다 쓰레기봉투에 버렸다.

"창대야! 이 손님, 샴푸!"

"넵! 손님, 이쪽으로 앉으세요."

이십 대 중반의 여성이 자리에 앉아 목을 뒤로 젖혔다.

"목 안 불편하세요?"

손님은 말이 없었다. 그건 불편하지 않다는 뜻.

"얼굴 가려 드리겠습니다."

난 수건을 접어 손님의 얼굴에 얹고 물 온도를 체크했다. 어느새 전문가가 다 된 기분. 모든 준비가 끝나자 두피를 자극하지 않도록 조심하면서 모발 위주로 거품을 내어 샴푸를 했다. 깔끔하게 머리를 감기고 수건으로 섬세하게 물기를 짜내었다.

마침 단골손님인 노래방 아줌마가 들어와서 메이크업을 부탁했다. 나는 잔심부름을 하며 원장님의 손길 하나하나에 시선을 집중했다.

"볼래?"

하여튼 원장님 눈치는 백단이다. 가슴이 두근댔다.

"네."

"천천히 할 테니까 잘 봐. 김 여사 시간 괜찮지?"

"영광이지. 근데 이 총각은 후계자인가 봐?"

"그럼 안 돼?"

그 농담에 괜스레 기분이 좋았다.

"자, 먼저 스킨을 바를 거야. 손으로 바르면 피부가 스킨을 흡수해 버리니까 이렇게 화장솜에 충분히 적셔서 골고루. 바를 때는 피부 결에 따라 코를 중심으로 안에서 바깥쪽으로."

원장님은 알아듣기 쉽게 차근차근 상세히 설명해 주었다. 에센스, 로션, 베이스, 파운데이션을 바를 때도. 원장님은 이런 변두리 동네에서 썩기엔 좀 아까운 실력의 소유자다.

"다음엔 컨실러로 기미나 주근깨, 점, 다크서클, 상처나 여드름 자국 같은 피부의 결점을 커버해. 봐, 감쪽같지?"

진짜 마술을 부리는 것 같았다. 미를 창조하는 일은 정말이지 위대하다. 난 그 위대한 일을 하려는 거고.

문득 작년 5월 수학여행 때 일이 생각났다. 난 우리 반 애들

다섯 명을 여자로 분장시키는 일을 맡았다. 그 거사를 성사시키기 위해 일단 목숨을 걸고 고미 방부터 샅샅이 뒤져야 했다. 한때 배우가 되겠다고 날뛰던 고미는 상당한 용돈을 화장품에 투자한 터였다. 그리고 집에 뒹구는 철 지난 가발 샘플 몇 개와 엄마 목걸이에 귀고리까지 만반의 준비를 했다. 반별 장기 자랑을 하던 날, 시커먼 사내놈들은 내 손끝에서 고추 아가씨, 더덕 아가씨, 쭈꾸미 아가씨, 폭탄 아가씨로 재탄생했다. 우리는 일등을 차지해 선물로 과자와 음료수를 한 상자씩 받았다. 그때 그칠 줄 모르는 박수 소리에 얼마나 울컥했던가.

노래방 아줌마가 돌아가고 뒷정리를 했다. 각종 미용 도구와 헤어드라이어를 정돈하고 젖은 수건을 세탁기에 넣고 돌렸다.

"참, 장미 어디 아파요? 오늘 아침에 되게 우울해 보이던데?"

"지가 우울할 일이 뭐 있니? 저 때문에 스트레스받는 건 난데."

호랑이도 제 말 하면 온다더니 장미가 문을 열고 들어왔다.

"마무리는 장미한테 맡기고 여기 잠깐 앉아 볼래?"

난 입을 삐죽이는 장미한테 윙크를 날리며 소파에 앉았다.

"장미 친구고 또 아들 같아서 하는 소린데, 그냥 취미 삼아 하려거든 포기하고 지금이라도 늦지 않았으니까 딴 길 찾아."

원장님은 사뭇 진지한 표정이었다. 난 바짝 긴장했다.

"취미 삼아…… 하는 거…… 아닌데요."

"창대, 성공하고 싶지?"

"네."

"진정한 성공이 뭐라고 생각해?"

구체적으로 생각해 본 적은 없었다. 처음엔 헤어 디자이너로, 그리고 피부 미용사, 메이크업, 네일아트 쪽으로 단계를 밟고 영역을 넓혀 일류 미용사가 되는 것, 유명 연예인들이 나한테 관리 받고 싶어 줄을 서는 것? 그래서 돈을 많이 버는 것? 막연히 그런 게 성공이라고 생각했다. 창피했다. 원장님이 내 속물근성에 실망할까 봐 차마 입 밖에 낼 수가 없었다.

"진정한 아름다움은 뭐라고 생각해?"

나는 우물쭈물 아무 말도 못 했다. 원장님이 뭔가 심각한 이야기를 하려는 듯 깊은 숨을 내쉬었다.

"난 고등학교 졸업할 즈음, 아버지가 회사 부도 맞고 행방불명 되는 바람에 그때부터 엄마랑 단둘이 살았어. 대학 진학의 꿈은 당연히 물거품이 되었지."

드디어 때가 온 건가. 무림 고수가 제자한테 미용계의 비책을 알려 줄 때가 말이다.

"엎친 데 덮친 격으로 엄마는 지병 때문에 운신을 못 했어. 내가 취업 전선에 나설 수밖에 없었지. 먼 친척이 소개해 준 미용실에서 기술을 배우기 시작했어. 요즘은 학원이나 대학에서도 미용 기술을 가르치지만, 그때만 해도 현장에서 어깨너머로 기술을 배워야 했어. 자칫 실수라도 하면 머리 쥐어박히는 일들이 비일비재했지. 하루 종일 서서 일하다 보면 종아리에 쥐가 나고, 허리가 끊어질 것같이 아프고. 의자에 잠깐 걸터앉았다 별의별 욕을 먹기도 했어. 그럴수록 악착같이 기술을 배웠지. 다른 직업도 마찬가지겠지만 이 바닥도 성실성과 인내력이 없는 사람은 일찌감치 포기하는 게 좋아. 하지만 기술을 한 가지씩 터득할 때의 기쁨은 이루 말할 수가 없지."

원장님은 차를 한 모금 마시면서 말을 이어 나갔다.

"난 최단 기간에 미용사 자격증을 땄어. 나, 보기보다 악바리 근성이 있거든. 그다음부터는 마음이 완전이 이쪽으로 기울었지. 빚을 내서 작은 미용실을 열었어. 내 이름 단 간판 처음 내걸었을 때 기분은 말로 표현 못 해."

분위기가 점점 숙연해졌다.

"헤어스타일만 살짝 바꿔도 사람이 확 달라 보이지? 그 사람한테 딱 맞는 헤어스타일을 연출하는 건 그 사람에게 기쁨을 주는 일이야. 그게 헤어 디자이너의 기쁨이기도 하고. 난 그런 일을 하고 있고."

"엄마, 또 분위기 잡네."

"넌 빠져."

원장님은 한 방에 장미를 제압했다.

"정말이지 피나는 노력을 했어. 현재에 머물러 만족하지 않으려고 정말 죽도록 열심히 했어. 기왕 이쪽 길로 들어선 거 보란

듯이 성공하고 싶었어. 운이 따라 줬는지 단골손님이 늘고, 목 좋은 데로 미용실을 확장 개업했지. 나, 한때 잘나갔다. 믿거나 말거나지만 유명 연예인들 머리도 직접 만져 봤어. 근데 왜 이 모양 이 꼴이 되었냐고? 그 기막힌 스토리는 다음에…… 기회 되면."

원장님은 장미 눈치를 보며 이야기를 멈추더니 갑자기 손을 불쑥 내밀었다.

"이것 봐."

상처투성이의 손. 상처 하나 없이 말끔한 내 손이 부끄러울 정 도였다.

"경력은 손이 말해 주는 거야. 참 거칠고 못생겼지? 하지만 난 이 손이 자랑스러워. 잔재주만으로 사람을 현혹해서는 안 돼. 시 선을 집중시키는 쇼맨십 같은 것도 필요하겠지만 그것만으로는 오래 못 가. 난 창대가 실력으로 승부하는 사람이 되었으면 좋겠 어."

원장님이 일어서더니 싱크대에 컵을 올려 두고 다시 돌아섰다.

"일단 네가 행복해야 돼. 네가 행복하지 않으면 너한테 머리 를 하는 사람은 행복해질 수 없어. 그러기 위해선 네가 정말 이 일을 좋아하나, 가슴에 손을 얹고 고민해 봐. 진정한 아름다움은 뭘까? 진정한 성공은? 글쎄, 그건 창대가 찾아야겠지. 어쩌면 기 술을 일찍 배우는 것보다 그게 더 중요할지도 몰라."

"그걸 아는 사람이 눈에 넣어도 안 아픈 무남독녀한테 그러셔?"

원장님의 심오한 연설에 나는 가슴이 찌르르한데, 장미는 코웃음을 치며 분위기를 깼다.

"저게 오냐오냐해 줬더니, 그만 못 해?"

"내가 뭘? 좀 전에 엄마가 뭐랬어? 좋아하는 일 하라며. 근데 왜 내 길을 방해하는데? 엄마가 얼마나 모순 덩어리인 줄 모르지? 뒤로는 딴말하면서 어떻게 저 천진난만한 꿈나무한테 그런 구라를 때릴 수가 있냐고!"

"배장미, 빠지라고 했다. 엄마 말 지지리도 안 듣는 게."

"엄마는 내 말 잘 듣나, 뭐."

장미와 원장님은 티격태격 설전을 벌였다.

"저 말하는 뽄새 좀 봐. 제발 창대 반만이라도 닮아라. 얼마나 싹싹하고 깍듯하니?"

"아, 그럼 조창대를 양자로 삼으시든지요."

"그러고야 싶지. 가능하다면 당장이라도."

"헐."

장미는 어이없다는 표정을 지으며 싱크대로 가더니 머그잔을 뽀드득 소리 나게 씻었다.

"두서없이 사설만 길었다. 그래, 좀 있으면 방학이라는데, 공부 안 해? 학원은 어쩌고?"

"돈 낭비 시간 낭비예요."

"부모님 뜻도 그러실까? 알면 노발대발하실 텐데……. 어쨌든 네가 원하면 방학 때부터 실전 연습 들어간다. 각오해! 엄살 부리면 당장 쫓겨날 줄 알아."

두말하면 입만 아프다!

"잘 부탁드립니다, 원장님!"

나도 모르겠다. 일단 저질러 놓고 보는 거지.

"조창대, 살판났구나. 입이 귀에 걸렸다."

장미가 또 끼어들었다.

"자, 받아."

"이게 뭐예요?"

"통장. 최저 임금에 470원 더 보태서 꼬박꼬박 저금했어. 난 무보수 알바 쓰는 악덕 업주가 아니거든."

시급은 감동이었고 원장님의 생색은 아름다웠다. 원칙과 의리를 중시하는 장미의 성격은 엄마 유전자를 물려받은 모양이다.

"그리고 이건……."

"이건 또 뭐예요?"

"대구 국제 미용 박람회 티켓! 친구가 거기 팀장으로 있는데, 좋은 경험이 될 테니까 꼭 한번 가 보라고."

감동의 도가니였다.

"단 조건이 있어! 내가 매달 넷째 주 화요일, 양로원에 미용 봉사 가는 거 알고 있지?"

장미한테 들어 알고 있다. 원장님은 장미 밥 챙겨 주는 건 잊어도 미용 봉사는 절대 잊지 않는다는 걸.

"이번 여름 방학 미용 봉사 때는 무조건 나랑 동행한다."

"당근이죠!"

한 계단 한 계단 밟아 올라가는 느낌이랄까. 몹시 설레고 떨렸다. 갈피를 잡지 못하던 불씨 하나가 내 가슴 한복판에 안착했다. 그 불씨가 불꽃으로 활활 피어오를 수 있게 비바람과 눈보라 정도는 거뜬히 이겨 낼 거다.

뭔가 냄새가 난다

집에 들어가니 엄마도 기복 씨도 없었다. 고미만 식탁에 놓인 크루아상을 뚫어져라 쳐다보며 먹을까 말까 심각한 고민에 빠져 있었다. 집 안 구석구석 다이어트 십계명이 적힌 포스트잇을 붙여 놓고, 죽을 각오로 실천한다고 수선을 떨던 게 언제라고. 저렇게 나약해 빠진 의지력은 질타를 받아 마땅하다. 난 고미가 만지작거리던 크루아상을 날름 집어 먹었다.

"야!"

귀청을 찢을 듯 폭발적인 목소리였다. 난 구타에 대비해 한쪽 팔을 든 채 방어 자세부터 취했다.

"뭐야? 벌써 포기? 그럼 그렇지, 다이어트는 아무나 하나?"

고미가 어깻숨을 쉬며 씩씩거렸다. 그러나 어쩐 일인지 끝내 반격은 없었다. 고미는 텅 빈 동공으로 나를 바라보다가 터벅터 벅 자기 방으로 걸어 들어갔다. 일용할 양식을 잃은 슬픔으로 눈 에 뵈는 게 없나?

얼마 뒤, 기복 씨가 퇴근해 집에 들어왔다. 어디론가 외출했던 엄마도……. 아, 맞다, 학생선도위원회. 개복 씨가 분명 전화했다 고 그랬는데. 한바탕 난리가 나는 건 아닌지 불안불안하다.

요새 기복 씨는 평소와 달리 귀가 시간이 너무 빠르다. 가정 사에 소홀했던 과거를 반성하고 개과천선하기로 맘을 고쳐먹었 나? 경기도 안 좋다는데 그냥 사업에 올인할 일이지. 기복 씨는 평소 입에 침이 마르도록 말한다. 넌 걱정 붙들어 매고 공부나 열심히 하라고. 뭐, 미용 공부도 공부는 공부니까 난 내가 할 도 리를 다하는 거다.

엄마는 저녁 준비를 하지 않았다. 어쩌 집안 분위기가 수상했 다. 곧 숯불구이 치킨이 배달되었고, 엄마는 심드렁한 표정으로 술상을 보았다.

"가족이 아니고 웬수야, 웬수!"

강렬한 치킨 냄새에 이끌려 방문을 벌컥 연 고미는 짜증을 버 럭 내더니 문을 쾅 닫았다. 덕분에 고미 눈치 안 보고 걸신들린 것처럼 치킨을 먹어 치웠다. 근데 기복 씨는 모처럼 맛있게 먹은 걸 체하게 만들어야 직성이 풀리는지 또 이상한 말을 했다.

"엉뚱한 짓 하고 돌아다니는 거 아니지?"

닭 뼈다귀를 내던지고 벌떡 일어서고 싶었지만 꾹 참았다. 입맛이 뚝 떨어졌다.

"참, 성적표는?"

난 급소를 찔린 사람처럼 당황했다.

"아, 아직……."

"그럼 이 메시지는 뭐냐?"

기복 씨가 엄마 휴대폰을 내밀었다.

학교에서 학생 편에 성적표를 발송한다는 문자 메시지를 보냈고, 그걸 하필이면 기복 씨가 본 모양이었다. 오늘 종례 시간을 건너뛴 나는 성적표를 보냈는지 말았는지 알 길이 없고…….

"내일 준대. 못 믿겠으면 학교에 전화해 보시든지."

기복 씨가 담임한테 진짜 전화할까 봐 오금이 저렸다. 난 살얼음판을 걷는 기분으로 방에 들어가 침대에 몸을 던졌다. 엄마 몰래 담임 전화번호를 스팸으로 처리해 두어야 했는데…….

다음 날, 집에 도착하자마자 기복 씨가 까먹지도 않고 손바닥을 척 내밀었다. 내 마음처럼 꾸깃꾸깃해진 성적표를 꺼냈다. 기복 씨는 두꺼비가 혀로 파리를 잡아먹듯 성적표를 낚아챘다.

"요새는 수우미양가로 안 나오냐? 뭐가 이렇게 어려워?"

"바뀐 지가 언젠데."

기복 씨는 내 말이 미심쩍은지 물로 굶주린 배를 채우고 있는 고미를 불러 젖혔다.

"딸내미, 이리 좀 와 봐라."

고미는 기복 씨 입안의 혀처럼 군다. 그러니까 기복 씨도 고미를 다정한 목소리로 부르는 거고. 나? 그러느니 혀를 꽉 깨물고 죽는 편이 낫지.

고미가 시큰둥한 표정으로 은둔 생활을 잠시 보류하고 우리 곁으로 왔다.

"현미야, 이 녀석 성적표 좀 봐라. 몇 등이나 했는지."

고미는 배고픈 표정으로 차근차근 설명하기 시작했다.

"아빠, 잘 봐. 여기, 이거 보이지? 요새는 원점수 몇 점, 평균 얼마, 반에서 몇 등, 이런 건 큰 의미가 없어. 여기 과목별 성적 봐 봐. 지필 평가하고 수행 평가가 다 적용된 점수인데, 성취도는 얼마고 전체 수강자 수 중에 석차가 어떻다 이런 식인 거지. 창대는 괜찮은 편이야. 그리고 출석이나 봉사 활동 이런 것도 다 점수로 환산이 되기 때문에 2학기까지 가 봐야 알 수 있어. 창대가 인문고에 진학할 수 있는지 아닌지는."

고미 말이라면 팥으로 메주를 쑨다고 해도 믿는 기복 씨는 고개를 끄덕였다. 센스 만점인 고미가 궁지에 몰린 나의 손을 잡아 줬다. 저게 다 내 피 같은 돈 오만 원과 평생 공짜 머리 덕분이라고 생각하니 좀 씁쓸했다.

"인문고 가는 거 문제없겠냐?"

"음……, 근데 요새는 4년제 나와도 빌빌거리며 취직 못 하는 인간들이 많기 때문에 실업고 가서 자격증 많이 따고 특별 전형으로 대학 가는 것도 뭐, 좋은 전략이지."

그 말을 마친 고미는 나한테 눈을 찡긋하고 황급히 사라졌다. 오, 내 사랑 릴라 릴라 고릴라여! 두 팔로는 어림없겠지만 당장 뛰어가 안아 주고 뽀뽀, 아니 그냥 안아만 주고 싶다. 고미가 저토록 앙증맞아 보였던 적은 맹세코 없었다.

어쨌든 십년감수했다. 하지만 마음은 영 불편했다. 언제까지 속일 수만은 없는 노릇. 기회가 되면 사나이답게 떳떳하게 내 포부를 밝힐 계획이다. 기복 씨가 내게 이래저래 제동만 거는 것은 이때까지 내가 믿음을 주지 못했기 때문인지도 모른다. 인정한다. 일단 열심히 공부해서 미용사 자격증을 딸 거다. 그 자격증을 보여 주고 내 원대한 포부를 밝힌다면 기복 씨도 생각이 바뀔지 모르지. 아니, 이제 제 앞가림은 할 줄 안다며 장하다고 머리를 쓰다듬어 줄지 누가 알겠나.

부모를 속이는 건 찜찜했지만, 가정의 행복과 평화를 위한 길이라고 애써 위안을 삼았다. 기복 씨를 안심시켰으니 당분간 집은 좀 잠잠할 거다.

난 기복 씨가 한눈을 팔고 있을 때 기분이 한껏 고조되어 고미에게 귓속말로 안 해도 될 말까지 해 버렸다.

"누나 시집갈 때 신부 화장 책임진다."

고미는 나를 자기 방으로 끌고 가더니 각서에 그 내용을 추가하라고 윽박질렀다. 후회가 물밀듯이 밀려왔지만 별수 없었다.

내 방으로 건너와 침대에 누웠다. 거실에서는 텔레비전 소리가 들려왔다. 요즘 시청률 1위인 드라마로 현대판 신데렐라 이야기였다. 평소 드라마하고는 담을 쌓고 지낸 기복 씨까지 보는 눈치다. 껄껄, 웃는 소리도 들린다. 오래 살고 볼 일이다. 요즘 기복 씨는 감정 기복이 심한 편이다. 갱년기 탓에 여성 호르몬이 과다 분비되고 있는 것은 아닌지 모르겠다. 걱정이다.

얼마 뒤, 안방에서 엄마와 기복 씨가 다투는 소리가 들렸다. 혹시 선도위원회 때문에? 어째 불안하다. 부디 원만하게 해결되기를. 나는 침대에 누워 귀에 이어폰을 꽂았다. 천장을 바라보니 내 인생의 청사진이 밝게 그려졌다. 입가에 미소가 절로 번졌다.

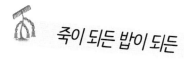

죽이 되든 밥이 되든

오늘은 비 오는 화요일. 로즈 헤어숍이 쉬는 날이라 하굣길에 곧장 집으로 들어갔다. 집 안도 날씨처럼 꿉꿉한 분위기였다. 그럴 만한 이유가 있었다.

기복 씨의 가발 공장이 쫄딱 망했다. 2대에 걸쳐 운영해 온 가발 공장은 조씨 가문의 역사 속에 묻히게 되었다. 어째 불안불안 하더라니. 할아버지의 간곡한 유언을 뿌리치지 못해 자신의 야욕을 접었다던 기복 씨. 이십여 년을 함께 보낸 공장을 잃고 초저녁부터 식탁에 앉아 술판을 벌이고 있었다.

기복 씨가 가발을 벗어 바닥에 내동댕이쳤다. 그렇다, 기복 씨는 대머리였다. 기복 씨는 내 튀는 헤어스타일에 대해 이상하다 싶을 정도로 관대했다. 누가 나서서 지적질을 해도 "요새 애들이 다 그렇죠, 뭐." 하며 아량 넓은 사람인 척했다. 그건 어쩌면 대머리에 대한 보상 심리? 아님 대리 만족? 그건 그렇고 대머리는 유전된다는데, 한 살이라도 어릴 때부터 철저히 관리해야지.

"이제 정신 차렸겠지."

기복 씨가 쏜 음울한 화살이 멍하니 서 있던 나한테 날아와 꽂혔다.

"하기야 그만큼 혼났으면서 또 딴짓하면 사람 새끼도 아니지. 그러니까 정신 바짝 차리고 공부해, 공부! 너는 딴 데 신경 쓰지 말고 공부나 하라고."

기복 씨는 불쾌한 얼굴로 술 냄새를 풀풀 풍기며 말했다.

"나, 조기복! 반드시 재기한다. 내가 이대로 주저앉을 것 같아? 이래 봬도 귀신 잡는 무적 최강 해병대 출신이라고. 이거 왜 이래! 사업 구상도 벌써 다 해 놨어. 두고 봐."

기복 씨는 벌떡 일어서더니 안방으로 가 서랍을 마구 뒤졌다. 그러더니 통장 세 개를 꺼냈다.

"당신, 지금 제정신이야?"

엄마가 새된 소리를 질렀다. 어떤 상황에서도 평상심을 잃지 않던 엄마로서는 일대 반란이었다.

"다 해약한 통장이야. 적금 다 깨서 부도 막는다고 회사에 몽땅 털어 넣었잖아. 그걸로도 모자라……."

"그만해!"

기복 씨가 엄마의 말을 가로막더니 장롱에서 집문서를 꺼내 만지작거렸다.

"돈? 돈이야 있다가도 없고, 또 없다가도 있는 거야. 돌고 도는 게 돈이라고."

"그건 안 돼. 우리 가족 길거리에 나앉으란 말야?"

엄마와 기복 씨가 옥신각신하는 동안 고미는 수수방관하고 있었다. 몸도 주체 못 하고 흐느적거리는 기복 씨한테서 엄마는 집문서를 빼앗았다. 기복 씨가 방바닥에 주저앉더니 다시 나를 쏘아보았다.

"조창대, 넌 우리 집안의 희망이야."

아, 또 저 소리! 신경쇠약에 걸릴 지경이다.

"아빠, 나 미용 기술 배울래."

기복 씨가 말한 희망의 무게가 너무 부담스러워서였을까. 늘 목에 걸려 있던 말이 툭 튀어나오고 말았다. 언제까지 속일 수는 없다고 생각했고, 기회가 되면 다 털어놓으려고 했지만, 이렇게 빨리 자수하게 될 줄 몰랐다. 그러나 고주망태가 된 기복 씨를 보니 자수하고 광명 찾을 상황도 아닌 것 같았다. 순간 고미가 불쑥 나서서 한 손으로 내 입을 막고 한 팔로 내 목을 그러안았다. 난 고미의 손아귀에 붙들려 질질 끌려가면서도 소리쳤다.

"아빠, 나 사관생도도 싫고, ROTC도 싫고, 하사관도 싫고 다

싫어! 나 하고 싶은 거 하면서 살게 내버려 둬. 제발, 응?"

놀란 엄마까지 뛰어와 고미와 합공 작전으로 나를 내 방으로 끌고 갔다.

"너, 미쳤니? 제발 상황 파악 좀 해라, 이 멍청아!"

고미가 내 머리를 쥐어박으면서 악을 썼다.

"뭐야?"

방문을 왈칵 열고 기복 씨가 따라 들어왔다. 기복 씨의 눈은 불길로 활활 타올랐다. 엄마가 슬그머니 뒷걸음질을 하더니 베란다로 나가 야구 방망이를 창밖으로 내동댕이쳤다. 바깥은 비가 화풀이하듯 쏴쏴 퍼붓고 있었다.

"다시 말해 봐."

"엄마 아빠, 나 안 도와줘도 괜찮아. 내 힘으로 할 거야. 방해만 하지 마. 이때까지 이만큼 뭘 하고 싶다고 생각한 적 한 번도 없어. 하지만 헤어 디자이너 꼭 되고 싶어. 미용실에서 알바하면서 기술도 배우고 용돈도 벌면서, 자격증까지 딸 거야."

기복 씨가 입을 악다물었다. 불끈 쥔 주먹은 바들바들 떨렸다.

난 그동안 감추어 두었던 본심을 털어놓는 데만 혈안이 되어 있었다. 고미가 하지 말라고 눈짓 손짓 발짓까지 하는 것 같았으나 한번 열린 포문은 닫힐 줄을 몰랐다.

"생각하고 생각하고 또 생각했어. 그래도 결론은 마찬가지야. 나, 2학기 때 미용 고등학교에 원서 넣을 거야. 이도 저도 안 되니까 미용 기술이나 배울까, 하고 입학했다가 후회만 하고 포기하는 애들도 있다고 들었는데, 난 달라. 출발부터가 다르다고. 가고 싶어서 가는 거야. 거기 간다고 대학 못 가는 거 아냐. 대학 갈게. 자격증 따서 특별 전형으로 들어가면 된대. 거기서 더 많이 배울 거야. 하지만 부사관학과는 정말 싫어. 나, 작년에 해병대 체험 활동 가 봤잖아. 가기 싫은 거 아빠가 우겨서 억지로 억지로 갔잖아. 결국 어떻게 됐어? 나, 졸도했잖아. 나중에 군대는 가야겠지만 직업 군인은 아닌 것 같아. 군 생활 하는 거 적성에도 안 맞고 진짜진짜 싫어, 싫다고. 나, 학원 땡땡이친 거 한두 번 아냐. 거의 매일 그랬어. 그렇게 갈피 못 잡고 허송세월하다가 인생 종 치기 싫어."

"다시 말해 봐."

기복 씨의 안면 근육이 살짝 경련을 일으켰다.

"아빠는 가발 공장 하고 싶어서 했어? 아빠도 하고 싶은 게 있었다며? 그거 포기하고 가발 공장 하니까 행복해? 아니, 이제 망했으니까, 행복했어? 아니잖아. 아빠도 내가 하기 싫은 일 억지로 하다가 불행해지는 거 싫잖아?"

나도 모르게 울부짖었다.

"다시 말해 봐."

한마디만 더 하면 기복 씨의 주먹질과 발길질이 이어질 것 같았으나 난 작정하고 덤벼들었다.

"내가 좋다잖아. 내가 좋다고 하는데 아빠가 무슨 권리로 하지 말래? 제발 내 인생에 끼어들어 태클 좀 걸지 말라고! 아빠가 내 인생 대신 살아 줄 것도 아닌데 도대체 왜 그러냐고. 때려죽여도 난 그렇게는 못 해. 나, 아빠가 원하는 로봇으로 만들려고 먹이고 입히고 재워 준 거야? 이기적이고 불효막심한 놈이래도 좋아. 아빠가 끝까지 반대하면 난 집 나가는 수밖에 없어."

가출해서 살 비책을 마련한 것도 아니면서 나는 입에서 나오는 대로 지껄였다.

"다시 말해 봐."

기복 씨가 이를 악물고 천천히 말했다.

다리가 후들거렸다. 난 기진맥진해서 한숨을 쉬듯 다시 입을 열었다.

"그러니까 나, 미용 기……."

말이 채 끝나기도 전에 기복 씨는 베란다로 나갔다. 야구 방망이를 못 찾은 기복 씨는 봉걸레를 들고 왔다. 나는 반사적으로 눈을 찔끔 감고 몸을 움츠렸다.

아무 일도 일어나지 않았다. 눈을 살짝 떴다. 세상에 이런 일이. 고미가 기복 씨가 높이 치켜든 봉걸레를 한 손으로 막아서고 있었다.

"이거 못 놔?"

"아빠 지금 너무 흥분했어. 일단 진정부터 해, 응?"

순간 기복 씨가 뒷목을 부여잡고 비틀거렸다. 고미는 냉큼 기복 씨를 소파로 끌고 가 엄마한테 부축하게 하고는 곧장 냉수를 대령했다.

기복 씨가 쓰러지는 것은 안 될 일이었다. 하지만 정말 내 꿈과 기복 씨의 목숨을 맞교환해야 한다면? 상상만으로도 가슴이 폭삭 무너져 내리는 것 같았다. 고혈압이야 기복 씨가 고민해야 할 몫이니까 내버려 두고, 나는 내 일만 하면 되는 건가? 아니면 인생을 포기하면서까지 나한테 맞지도 않는 옷을 입고 하루하루 피를 말려 가며 기복 씨를 위해 살아야 하는 걸까?

난 딜레마에 빠진 채 멍하니 서 있었다. 시험 문제처럼 답이 딱 정해져 있는 인생이 무슨 재미가 있겠냐고 생각했는데, 지금은 정답과 해설이 무척이나 간절했다. 그때 고미가 "어이구, 내 팔자야." 푸념하며 나를 툭 치고 방으로 강제 연행해 갔다.

한숨만 푹푹 쉬다가 노곤해져서 잠깐 잠이 들었나 보다. 현관문이 쿵 닫히는 소리에 다시 눈을 떴다. 문을 삐걱 열어 현관문 쪽을 바라보니 기복 씨가 흠뻑 젖은 생쥐 꼴로 우두커니 서 있었다. 머리카락에서 손끝에서 옷자락에서 물이 뚝뚝 떨어졌다. 엄마가 우리더러 당장 문을 닫고 들어가라고 눈치를 줬다. 고미와 나는 문틈으로 기복 씨의 처참한 몰골을 지켜보았다. 엄마는 마른수건으로 기복 씨의 머리와 몸을 닦아 주었다. 그리고 방으로 부축해 들어갔다.

가끔씩 기복 씨가 흐느끼는 소리가 들리고, 엄마가 다독이는 소리가 들렸다. 그 소리는 자장가처럼 평온했지만 내 가슴은 진정될 기미를 보이지 않았다. 결국 내 장래 문제는 결론도 안 난 채 흐지부지되고 말았다. 난 죽이 되든 밥이 되든 한시바삐 결정이 나길 간절히 바라고 바라고 또 바랐다.

으악! 다음 날 아침, 화장실 거울 앞에 선 나는 경악을 금치 못했다. 브릿지 넣은 머리칼이 온데간데없었다. 내 비명을 듣고도 아무도 거들떠보지 않는 걸 보니 보나 마나 기복 씨의 소행이었다. 개복 씨 못지않게 치사함이 하늘을 찔렀다. 나는 아침도 건너뛰고 학교로 갔다. 오늘은 선도위원회가 있는 날. 엄마는 물론 기복 씨도 그에 관해서는 나에게 아무 말도 하지 않았다.

오후 4시 30분. 회의실로 갔다. 나 말고 몇 명이 더 있었다. 우리는 차례로 들어가 사실 내용을 확인하는 수준에서 취조를 받았다. 꼭 범죄자가 된 듯한 기분이었다.

"일단 복도에 나가 대기하고 있어."

개복 씨가 근엄하게 명령했다. 벽에 기대어 서서 고개를 푹 숙였다. 몇 분이 지났을까. 묵직한 발걸음 소리가 들려왔다. 학부모들이었다. 맨 뒤에 걸어오고 있는 사람은 분명 기복 씨. 면도를 싹 하고 양복까지 차려입었다. 가발은 안 썼다. 그래서인가 오늘따라 다크서클이 더 진해 보였다. 기복 씨는 나를 흘깃 보고

회의실 안으로 들어갔다.

회의실 문 저편에서 언성이 높아졌다. 억울하다고 따지는 학부모도 있었다. 교칙이 시대에 너무 뒤떨어져 있다고 항의하는 학부모도 있었다. 기복 씨는 침묵으로 일관했다. 다 자식의 혐의를 인정한다는 뜻이었다.

선도위원회는 길어졌다. 한 시간이 훌쩍 넘어갔다. 머리에 쥐가 나려고 했다. 어렴풋이 교내 봉사 어쩌고저쩌고하는 말이 들렸다. 얼마 뒤, 회의실에서 우르르 사람들이 쏟아져 나왔다. 교감 선생님은 큼큼 기침을 하며 나왔고, 학부모들은 너나없이 자기 자식들 머리를 콩 쥐어박았다.

그런데 기복 씨는 안 나왔다. 회의실 안을 빠끔 들여다봤다. 기복 씨는 대머리를 긁적대며 개복 씨를 향해 걸어가더니 꾸벅 인사를 했다. 두 독재자의 역사적인 만남이었다.

"무슨 하실 말씀이라도?"

개복 씨가 탁자 위에 널린 서류를 정리하며 극히 사무적인 어조로 대꾸했다.

"아이고, 맞구면, 맞아. 아까부터 긴가민가했는데. 개복, 아니 견 병장!"

기복 씨가 개복 씨의 어깨를 툭 치며 말했다.

"나, 해병대 546기 조기복! 모르겠나? 왜, 자네 성이 견 씨고 얼굴이 복어 닮았다고 내가 지어 준 별명 잊었나?"

개복 씨의 표정에 당황하는 빛이 역력했다. 세상 참 좁다. 더군다나 기복 씨의 작명 센스가 나와 판박이라니. 우연치고는 절묘했다.

"근데, 자네 감쪽같구먼. 어디 거야?"

"무슨 말씀을……."

"왜 이러시나, 이거. 서로 모르는 처지도 아니고. 자네 대머리 말야……."

개복 씨가 왼손으로 급히 기복 씨 입을 막으며 오른손 검지를 들어 자기 입술로 가져갔다. 대박이다. 어쩐지 헤어스타일이 사시사철 일관되게 어색하다 했더니, 가발? 이 사실을 전교에 떠벌리면 얼마나 고소하고 통쾌할까?

"그나저나 아들 녀석이라고는 하나 있는데, 이렇게 애를 먹여서……. 면목이 없네."

개복 씨가 머쓱하게 웃었다. 나는 살금살금 도망쳤다. 그러면서 실성한 사람처럼 배꼽을 잡았다. 개복 씨의 약점을 까발릴까 말까, 고민하는 게 너무나도 신이 났기 때문이다.

그날, 술에 진탕 취해 들어온 기복 씨는 나를 투명인간 취급하고 고미만 예뻐했다. 새삼스러울 것도 없었다.

다음 날부터 교내 봉사 활동이 시작되었다. 머리에 들어오지도 않는 공부로 시간을 죽이느니 차라리 육체노동을 하는 편이 훨씬 가치 있다고 믿는다. 개복 씨는 예전보다 더 철저하게 나를 감시했고 참견도 더 심해졌다. 하지만 나는 개복 씨의 대머리만 생각하면 실실 웃음이 나왔다.

목 빠지게 기다리던 여름 방학이 시작되었다. 집요한 담임의 설득과 기복 씨의 강압에 못 이겨 여름 방학 기초 학력 부진아 수업 동의서 참가 희망란에 동그라미를 쳤다. 그게 못내 아쉽지만 담임과 개복 씨로부터 해방되는 날을 그냥 무료하게 보낼 수는 없었다.

장미와 관중이를 부추겨 함께 학교 근처 대학 캠퍼스로 놀러 갔다. 여름 방학을 맞은 중고딩들이 심심찮게 눈에 띄었다. 아이스크림을 먹자 온몸의 세포가 달달한 행복감에 비명을 지르는 것 같았다.

마침 여자 학사 장교 세 명이 나란히 줄을 맞추어 절도 있게 걸어갔다. 장미는 넋이 빠진 표정으로 그 모습을 쳐다보았다. 아이스크림이 줄줄 녹아 자기 신발에 떨어지는 줄도 몰랐다. 순간, 관중이가 민첩한 동작으로 물티슈를 꺼내 아이스크림을 닦아 주었다. 어안이 벙벙해진 내가 관중이를 노려보자 녀석은 그저 어깨만 으쓱할 뿐이었다.

장미는 여전히 그쪽에서 시선을 못 떼고 있었다. 난 저토록 군인에 목을 매는 장미의 뇌 구조가 의아할 따름이다. 하지만 장미는 내가 가진 꿈을 꽤 지지해 주는 쪽이다. 문득 장미한테 고맙고 미안해졌다. 든든한 키다리 아저씨가 되어 주는 건 무리지만 적어도 마음으로는 응원해 주고 싶다. 결혼하자는 얘기만 빼면 뭐든 다 들어주고 싶다.

노천 강당 쪽으로 걸음을 옮겼다. 사람들이 구름떼처럼 몰려들어 있었다. 드라마 촬영을 하는 모양이었다. 장미는 딴 데 가자고 했고 관중이는 장미 의견에 무조건 따랐지만 나는 구경 좀 하자고 고집을 부렸다.

날은 화창한데 비가 오는 장면이었다. 살수차가 공중에다 물방울을 흩뿌렸다. 비에 흠뻑 젖은 여자 주인공이 남자 주인공의 뺨을 때리고 달려가는 장면이었다. 그리고 그 지근거리에서 작은 우산 하나를 나눠 쓰고 키스를 하다가 깜짝 놀라는 남녀 엑스트라 한 쌍……. 유치하다. 로맨스인지 개그인지 분간이 안 될 정도다.

"언니 아냐? 엑스트라 접었다고 안 했어?"

장미의 말에 나는 눈을 비비고 우산 속 뚱뚱녀와 멸치남을 바라봤다. 장미의 눈은 정확했다. 분장을 했지만 뚱뚱녀는 고미가 확실했다.

기복 씨의 권력에 굴복한 뒤 충실한 끄나풀 노릇을 하고 있는 줄 알았는데……. 온몸이 오싹했다. 요 몇 개월간 식구들을 감쪽같이 속이다니, 배신감에 치가 떨렸다. 그러면서 미용실에서 알바하는 나를 가지고 갖은 협박을 다 하고 횡포를 부렸다 이거지?

　나는 휴대폰 카메라로 결정적인 장면을 포착해 당장 고미에게 전송했다.

　어쩐다? 보고야 말았네~
　핵꿀잼 우산 속 키스신!

　불었다간 뒤져!

　고미의 간단명료한 답 문자였다.

꼬리가 너무 길었다

저녁 무렵, 집으로 걸어오는 내내 고미를 무너뜨릴 작전을 구
상했다. 이제 고미의 운명이 이 손안에 있다고 생각하니 절로 땀
이 났다.

현관문을 열자, 엄마가 나를 기다리고 있었다는 듯 주방으로
갔다. 그러고는 기계적으로 저녁 준비를 했다.

나는 곧장 고미의 방문을 열어젖혔다. 언제부터인가 고미 방
은 금남의 구역이었다. 자기는 시도 때도 없이 내 방문을 확확
열어젖혀 사람을 깜짝 놀라게 하면서 말이다. 뭐라고 불만을 토
로하면 죄 졌냐고 없는 죄를 뒤집어씌우기까지 했다. 하지만 나
도 뭐, 굳이 고미의 방에 들어가고 싶은 생각은 없어 큰 충돌 없

이 지냈다. 하지만 지금은? 경우가 다르다.

문을 열자마자 정체불명의 향수 냄새가 코를 찔렀다. 나는 방귀부터 한 방 날렸다. 향긋한 방귀가 머릿골까지 지끈거리게 하는 냄새를 희석시켰다. 숨 쉬기가 편안해졌다.

이제부터 결정적인 약점을 잡아야 했다. 아까 찍은 증거 사진은 워낙 원거리라 확대시키면 화질이 별로였다. 고미가 딱 잡아떼고 모함이라고 발악하면 기복 씨는 고미 손을 들어 줄 거였다. 그랬다가는 정말 고미 손에 뼈도 못 추리는 수가 있다. 신중을 기해야 한다.

티 안 나게 옷장을 뒤졌지만 허사였다. 서랍은 꼭 잠겨 있었다. 책꽂이에는 기복 씨의 기습 대비용인 듯 회계 금융 교재가 가지런히 꽂혀 있었다. 공부 안 한 티가 너무 났다. 그런 점에서는 아주 나랑 쌍벽을 이룬다.

분명 숨기는 게 있을 텐데. 심증은 있는데 물증이 없으니 안달이 났다. 고미가 언제 들이닥칠지 모르니 좀 더 분발해야 했다. 나는 〈특수본〉의 베테랑 형사인 양 날카로운 시선으로 방을 돌아보았다. 침착하게 생각해 보자. 고미는 그렇게 치밀한 성격이 못 된다. 아니, 허술한 편이다. 게다가 움직이는 걸 싫어하기 때문에…… 잠깐, 그렇담 침대랑 가장 가까운 곳?

침대 밑으로 팔을 뻗어 휘휘 저어 보았다. 그럼 그렇지, 뭔가 잡혔다. 침대 밖으로 끌려 나온 것은 외국 배우들의 키스신이 인쇄된 종이 상자였다. 나는 주저없이 판도라의 상자를 열었다.

이건 뭐지? 쓰다 만 배우 오디션 원서였다. 증명사진 칸에는 심하다 싶을 정도로 갸름하게 손본 얼굴이 미소 짓고 있었다. 웃기지도 않았다. 이건 또 뭐지? 종이 상자 밑바닥에 A4 용지가 깔려 있었다. 제법 두툼했다. 한 장 한 장 넘겨 보았다. 시나리오 대본과 콘티였다. 제목이 '라면 먹고 갈래?' 헐, 수준하고는. 봐주고 싶어도 도저히 못 봐주겠다.

나는 하도 많이 봐서 너덜너덜해진 잡지 한 권을 꺼내 들었다. 미용실에서 흔히 보는 여성 잡지였다. 책장을 휘리릭 넘기는데 반으로 접힌 부분이 있었다. 펼쳐 보니 할머니 배우 윤여정 사진이 딱 나왔다. 그리고 밑줄 친 부분.

"요즘은 시대가 좋아져서 '개성파 배우'라는 말도 생기고 외모와 상관없이 배우를 할 수 있지만, 우리 때는 불가능했어요. 나같이 예쁘지 않은 여자가 배우로 살았다는 건 기적이라고 할 수 있죠. (웃음)"

'개성파 배우'라는 말에는 동그라미에 별표까지. 그럼 윤여정 할머니가 롤모델? 꿈이 개성파 배우? 그렇다면 고미는 꿈을 이룬 거나 다름없다. 온 식구가 고미의 속임수에 완벽하게 넘어갔으니까.

상자 안엔 사진도 여러 장 있었다. 그동안 엑스트라로 출연하면서 찍은 촬영장 기념사진들이었는데 유독 한 장이 내 시선을 끌었다. 교복 치마 밑에 체육복, 덩치에 비해 작아 보이는 보라색 백팩, 헝클어진 머리카락……. 낯익다. 불현듯 지하철 진상녀가 떠올랐다.

한때 딱 이런 옷차림으로 입을 헤벌리고 코까지 골며 자는 여고생의 모습이 찍힌 동영상이 인터넷 게시판을 떠돈 적이 있었다. 조회 수가 꽤 됐고 민폐니 신의 저주니 좀비니 쓰레기니 하는 댓글이 도배되었다. 화면이 흔들리고 화질 상태가 별로였지만 나는 보자마자 고미를 떠올렸다. 하지만 고미는 극구 아니라고 주장했고, 나중에는 지하철의 '지' 자만 나와도 인상을 썼다.

그런데 이 사진을 보니 그때 그 진상녀는 고미가 확실했다. 업어 가도 모를 정도로 피곤한데도 도무지 포기를 모르는 고미. 닮았다, 나랑…….

힘껏 고개를 털었다. 그동안 고미가 나한테 한 비양심적인 짓거리를 떠올리자 그런 애잔한 마음은 종적을 감추었다. 온 식구를 능멸한 고미는 석고대죄를 해도 모자랄 판이다. 나는 휴대폰으로 증거 사진들을 촬영했다. 이제 고미는 내 손아귀에 든 고릴라 피규어다.

"밥 먹어."

엄마가 부르는 소리가 들렸다. 나는 급히 흐트러진 물건들을 정리하고 주방으로 갔다. 심장이 펌프질을 해 댔다.

밥 먹는 동안, 엄마는 깊은 생각에 빠져 있었다. 상추에 고기는 안 얹고 계속해서 쌈장만 찍어 올렸다. 나는 고미의 비밀을 폭로하고 싶어 입이 근질근질했다.

"엄마."

불러도 대답이 없었다. 그 순간 현관문 열리는 소리와 함께 우렁찬 기합 소리 같은 한마디가 날아들었다.

"나도 밥!"

고미였다. 저, 저, 아무 일 없다는 듯한 표정하고는! 철면피 같으니라고! 자기는 하고 싶은 거 다 하고 돌아다니면서 내 앞길을 가로막다니. 용납이 안 된다.

엄마는 밥을 푸면서도 현실 세계로 돌아오지 못했다. 자리에 털썩 앉아 쌈장만 듬뿍 올린 쌈을 보고 "내 정신 좀 봐." 하고 한숨을 쉴 뿐이었다. 오늘은 타이밍이 안 좋다. 복수는 일단 보류. 조만간 만천하에 까발릴 테니. 각오해라, 고미! 낄낄. 잠시 운만 띄워 둘까?

"우산 셋이 나란히 걸어갑니다. 빨간 우산 노란 우산 뚱뚱한 우산……."

나는 내친김에 동요까지 개사해서 불렀다. 그러고는 입술을 쭉 내밀고 허공에 대고 키스를 해 댔다. 고미가 인상을 찡그리며 들고 있던 숟가락으로 내 머리를 강타했다.

"이게!"

"왜 때려, 씨!"

"아니, 얘들이 밥상머리에서, 그만두지 못해!"

"엄마도 방금 봤잖아. 저 고릴라 하는 거. 밥 먹는 덴 개도 안 건드린다는데."

"개만도 못하니까 때렸다, 왜!"

"그런 말 할 입장이 아닐 텐데?"

"뭐! 뭐! 뭐!"

고미가 자리에서 벌떡 일어서더니 식탁 위로 몸을 굽혀 점점 내 쪽으로 다가왔다. 고미 손에는 언제든 무기로 돌갑할 수 있는 숟가락이 들려 있었다. 나는 생명의 위협을 느꼈다.

"완전 적반화장!"

"헐! 적반하장이거든, 이 무식한 놈아!"

어? 저번에 누가 '적반화장'이라고 했는데. 잘못 들었나 보다.

"점점!"

엄마가 빽 지른 소리로 잠시 휴전. 나는 밥맛이 떨어져서 자리를 박차고 일어났다.

"고맙다. 안 그래도 배 무지 고팠는데, 내가 다 먹어 주마."

고미가 얄밉게 지껄이며 볼이 미어터지도록 밥을 퍼먹었다. 밥에 침이라도 뱉고 싶은 심정이었다. 그 순간 슬쩍 옆을 보니, 엄마는 여전히 안드로메다에 정신을 두고 온 듯 멍한 표정이었다. 혹시 우울증인가? 갱년기인가? 걱정이 됐지만 나도 머릿속이 출근길 지하철처럼 복잡했다.

하릴없이 방으로 들어가 침대 밑에 감춰 두었던 책을 꺼냈다. 미용사 자격증 시험공부를 위한 책들이었다. 공중 보건학, 소독학, 피부학, 공중 위생 법규 등등 공부할 게 한두 가지가 아니지만 수학이나 영어처럼 머리가 지끈거리게 하지는 않는 신비한 책이었다. 그런데 오늘은 웬지 손에 잡히지가 않았다.

그때 고미가 문을 덜컥 열었다.

"왜 또!"

"너, 내 방 들어갔지?"

나름 티 안 낸다고 애썼는데, 고미도 육감이라는 게 있는 모양이다.

"아니."

나는 시치미를 딱 뗐다. 워낙 단련이 돼서 이제 이 정도로는 얼굴이 달아오르지 않지만 가슴이 조마조마한 건 어쩔 수 없었다.

고미가 미소 띤 얼굴을 한 채 스모 선수처럼 한 걸음씩 다가왔다. 불안했다. 하지만 목표물은 내가 아니었다. 대신 침대 위에 놓여 있던 책을 슬쩍 집어 들더니, 찰칵. 오, 마이 갓!

"쌤쌤이다."

고미가 휴대폰으로 증거 사진을 찍고는 쿵쿵, 사라졌다. 애써 잡은 비만 미꾸라지를 손아귀에서 놓친 기분이다. 되는 게 없었다. 나는 도로 책을 집어넣고 침대에 벌러덩 몸을 던졌다. 수십 번을 뒤척이다가 지쳐 잠들었다.

엄마가 병원에 간호사로 취직했다. 기복 씨는 졸지에 전업주부가 되었지만, 하는 일이라고는 엄마가 차린 아침 먹고 신문을 보다가, 소파에 비스듬히 누워 텔레비전을 보다 졸리면 자고, 점심때가 되면 짜장면을 시켜 대충 배를 채우고, 터벅터벅 공원을 산책하다가, 해병대 전우회에 가서 술을 한잔 걸치고는 비척대며 귀가하는 게 전부였다.

위축되기는커녕 제2의 인생을 즐기고 있는 것 같았다. 그럼 밤늦게 퇴근한 엄마가 쌓여 있는 설거지거리와 빨랫감으로 너저분하기 짝이 없는 집 안 꼬락서니에 학을 뗐다. 파김치가 된 엄마가 움직이며 내는 소리가 모두 한숨 소리로 들렸다.

무료한 날들이 흘러가고, 부진아 수업이 시작되었다. 아침 해가 반갑지 않았다. 집 안을 휩싸고 있는 이상 기류에 기운이 빠졌다. 아침을 먹는 둥 마는 둥 하고 학교에 가는 척 가방을 메고 집을 벗어나서 로즈 헤어숍으로 직행했다. 연습용 마네킹으로 본격적인 실전 연습에 돌입했지만 멍하니 있다가 지적받곤 했다. 잠깐 의욕이 생겼다가도 다시 멍해졌다.

집에 돌아오면 자동적으로 입은 닫혔고, 몸은 축 늘어졌다. 다음 날이 되어도 여전히 울적하고 불안하고 막막했다. 담임의 전화는 안 받았다. 집 안은 꼭 절간 같았다. 기복 씨는 자주 출타 중이었고, 덕분에 고미는 살판난 듯 코빼기도 안 비췄다.

며칠 몸살을 앓았다. 속이 메슥거리고 머리가 지끈거렸다. 바늘로 콕콕 쑤시듯 온몸이 아팠다가 몹시 추웠다가 신열에 시달리기도 했다. 병원에 가서 주사를 맞고 약을 지어다 먹었지만 나아질 기미가 안 보였다. 몸은 피곤한데 곯아떨어지지 못해 이리저리 뒤척였다. 퇴근해서 돌아온 엄마는 이불깃을 여며 주고 말없이 문을 닫았다.

몸은 더디게 회복되었다. 여름 방학의 삼분의 이가 허무하게 싹둑 잘려 나갔다. 나흘째 되는 날, 아침 일찍 자리에서 일어나 마당으로 나갔다. 동이 틀 무렵이라는 생각이 들자마자 햇살이 눈부시게 쏟아졌다. 담장 밑, 엄마가 가꾼 작은 화단에 채송화가 피어 있었다. 작은 꽃. 눈여겨보지 않았던 꽃. 아침에 집을 나설 때면 키 큰 해바라기와 접시꽃만 보였는데, 어느새 하얗고 노랗고 빨간 꽃을 피워 세상에 신고식을 하고 있었다. 홀로 얼마나 치열한 싸움을 했을까, 하는 생각에 가슴이 뻐근했다. 나는 온몸으로 햇살을 받았다. 몸이 광합성을 하는 듯한 기분이었다. 언젠가 반드시 활짝 꽃피울 날을 위해, 아자!

이튿날부터 로즈 헤어숍에 나가 다시 일하기 시작했다. 난 철저하게 이중생활을 했다. 집에서는 시무룩하게, 로즈 헤어숍에서는 명랑하게. 집에서는 아무도 나에게 관심을 주지 않았다. 가족에게 왕따당하는 기분까지 들었다. 하지만 여기는 헤어숍. 다시 명랑 모드로.

원장님한테 눈썹 손질과 눈 화장 교육을 받고 있을 때였다. 미용실 문을 삐걱 열고 손님이 들어왔다.

"어서 오세요."

활기찬 목소리로 인사를 하면서 돌아보니, 기복 씨였다. 하긴 놀랄 일도 아니다. 꼬리가 너무 길었으니 밟혀도 진작 밟혔어야 했다.

기복 씨는 손수건을 꺼내 만주 벌판같이 훤한 이마를 닦았다.

"집으로 따라와."

기복 씨는 그 말만 툭 던져 놓고 밖으로 나갔다. 원장님이 나가 보라고 고갯짓을 했다. 문을 열고 나가니 기복 씨가 뒷짐을 진 채 저음으로 말했다.

"가자."

나는 딴전을 부리며 미적거렸다. 기복 씨가 불뚝성을 누르고 호령했다.

"미용실 들어가서 난동 부리기 전에 앞장서!"

그 말에 더 이상 토를 달 수는 없었다. 충분히 그러고도 남을 사람이니까. 부모 동의서도 없이 미성년자를 고용해서 노동력을 착취했다고 억지를 쓰고 행패를 부리면 원장님 입장이 엄청 난 처해지겠지. 무엇보다 원장님이 기복 씨를 형편없는 인간으로 평가하게 만들고 싶지 않았다. 난 미용실로 들어가 가방을 멨다.

"괜찮겠어? 내가 말씀 좀 드려 볼까?"

고마웠지만 사양했다. 어차피 내가 해결해야 할 문제였다.

집에 도착하자 기복 씨는 소파에 털썩 앉더니 한참이나 조용히 나를 노려보았다. 나한테는 앉으라는 말도 안 했다.

"학교에서 전화 왔다."

담임은 내가 수업 기간에 연일 무단으로 결석하자 집으로 전화를 했을 거다. 마침 집에 있던 기복 씨는 그 전화를 받고 고미를 윽박질러 이실직고하게 했을 테고.

"근데?"

"넌 어떻게 된 자식이 대형 사고를 치고도 그렇게 뻔뻔할 수가 있냐? 수업을 한 번도 안 받았다는 게 말이나 돼?"

기복 씨는 거기까지 말하고 뒷목을 주물렀다. 그러더니 얼굴까지 벌게져서는 소리쳤다.

"내가 일 안 나가고 집에만 틀어박혀 있으니까 우습게 보는 거야, 뭐야!"

"내 일에 상관 마!"

"뭐라고? 이놈의 자식 봐라. 보자 보자 하니까, 완전 빠져 가지고."

기복 씨의 얼굴이 보기 흉하게 일그러졌다.

"차렷! 열중쉬어!"

기복 씨의 군기 타령에 신물이 났다. 순간, 내 머릿속에 내장되어 있던 절대 복종 센서는 접촉 장애로 고장을 일으켰다. 난 가만히 있었다. 기복 씨는 연신 주먹으로 뒷목을 두드렸다.

그때 엄마가 녹초가 된 몸으로 돌아왔다. 퇴근길에 시장에 들렀는지 양손 가득 봉지를 들고 있었다. 한눈에 분위기를 파악한 엄마는 서둘러 봉지를 식탁 위에 올려놓고 거실로 나왔다.

"이 자식, 다시 말해 봐."

"내 일에 상관 말라고!"

난 목에 핏대를 세우고 고래고래 고함을 질렀다.

"나한테 더 이상 이래라저래라……"

그 순간 기복 씨의 무쇠같이 딴딴한 손바닥이 내 뺨을 쳤다. 불구덩이에 들어갔다가 나온 것처럼 얼굴이 후끈후끈 달아올랐다. 서럽고 분했지만 눈물은 안 나왔다.

"당신, 미쳤어? 왜 툭하면 애는 때리고 그래!"

엄마가 끼어들었지만 기복 씨는 엄마 말을 무시했다.

"그만큼 아빠가 부탁했으면 말을 알아 처먹어야 될 거 아냐?"

"왜 내가 아빠 하라는 대로 해야 돼? 나도 생각이 있고 감정이 있는 사람이야. 난 아빠 소유물이 아냐. 아빠 자식이기 전에 하나의 인격체라고."

나는 무서울 정도로 차분하게 말했다. 기복 씨의 주먹질이 이어졌다. 난 몸을 한껏 웅크렸다. 주머니에서 가위와 빗과 손거울이 떨어졌다. 기복 씨는 가위를 우그러뜨리고 빗을 부러뜨리고는 손거울을 거실 바닥에 내동댕이쳐 산산조각 냈다.

"아아아아아아아아악!"

나는 짐승 같은 울음을 울었다. 그리고 바닥에 엎드린 채 기복 씨의 육탄 공격을 고스란히 받아 냈다. 기복 씨가 나이가 들어 힘이 줄었는지 내가 맷집이 좋아졌는지 생각보다 아프진 않았다.

마음이 차갑게 식어 갔다. 덕분에 냉정을 되찾고 수많은 생각을 할 수 있었다. 집에서 내가 이런 취급을 받고 지내야 하나 말아야 하나? 내 뜻을 관철시키기 위해 할 수 있는 일은 무엇인가? 머리를 이리저리 굴려 봤지만 묘안이 떠오르지 않았다. 식음을 전폐하고 침묵 투쟁? 가출? 하지만 그건 위험 부담이 너무 컸다. 돈이라고 해 봤자 원장님이 준 통장이 전부인데 일주일이라도 버틸 수나 있을까? 그렇다면 자살 연극? 별의별 생각이 다 들었다.

엄마 연락을 받았는지 고미가 황급히 집으로 들이닥쳤다. 그러고는 한때 합기도 사범이 욕심낸 선수였다는 걸 증명이라도 하듯 순식간에 기복 씨를 뒤에서 끌어안고 나로부터 떼어 놓았다. 온 식구가 숨을 몰아쉬었다. 어디선가 전화가 왔지만 아무도 받지 않았다.

기복 씨는 당장 집안 살림을 다 때려 부술 기세로 거실을 쿵쾅대며 왔다 갔다 했다. 그러고는 눈에 띄는 종이 상자를 발로 퍽 찼다.

"야, 조기복!"

엄마의 비명 소리가 비현실적으로 다가왔다.

"이 사람이! 당신, 방금 나보고 소리 지른 거야?"

"그렇다. 어쩔래?"

"어, 그래. 이제 돈 좀 번다고 가장을 핫바지로 본다, 이거지? 당신, 지금 제정신야?"

"너는 제정신이고?"

"그동안 고상한 척은 혼자 다 하더니 슬슬 본색이 드러나는구만. 이때까지 눈꼴시어 어떻게 견뎠어?"

"비아냥대지 마."

"어디서 자꾸 반말이야?"

"당신, 나보다 두 살 어리잖아. 잊었어?"

순간 기복 씨 표정엔 당황한 기색이 어렸다. 기복 씨는 손으로 뒷목을 잡고 소파에 앉았다.

"이제 그만 좀 하자. 애 잡겠다, 애 잡겠어. 당신, 폭군이야? 왜 모든 걸 당신 맘대로 해?"

예고도 없이 불쑥 시작된 부부 싸움에 집 안은 얼음물을 끼얹은 듯 급속도로 냉각되어 갔다. 고미와 난 꿔다 놓은 보릿자루처럼 가만히 서 있었다. 기복 씨가 소파에서 벌떡 일어서면서 리모컨을 손에 쥐었다.

"당신, 지금 말 다 했어?"

"덜 했다, 왜? 맨날 천날 버럭버럭 고함이나 지르고 말야! 당신이 우리 상전이야? 우리가 당신 종이야? 참고 참고 참아도 도대체 변하는 게 없어. 당신은 이 속에서 통곡하는 소리 안 들리지? 나, 이 꼴 저 꼴 안 보고 콱 죽고 싶어, 그냥!"

엄마는 가슴을 터질 듯이 쳐 댔다. 몰랐다, 엄마가 속으로 통곡하고 있었다는 사실을. 리모컨을 잡은 기복 씨의 손이 부들부들 떨렸다.

"쟤네 학교에서 한다는 보충 수업. 영재반 수업인 줄 알아? 그거 부진아 수업이야. 당신 아들, 수준 미달이라고. 그 정도면 현실을 직시해야지. 이게 밀어붙인다고 될 일이야? 허구한 날 안되면 되게 하라! 당신이나 안 되면 되게 해. 앞으로 밥이고 설거지고 청소고 빨래고 당신이 다 해. 손가락이 없어, 발가락이 없어? 안 되면 되게 하라고! 누군 몸이 열두 갠 줄 알아? 병원 일만 해도 몸이 녹아내릴 정도야."

엄마는 비명에 가까운 소리로 속사포를 쏘아 댔고, 기복 씨는 뒷목을 잡은 채 주방으로 가 알약을 집어삼켰다. 엄마도 주방으로 가 냉수 한 컵을 단숨에 마셔 버렸다. 그리고 식탁 의자를 빼털퍼덕 주저앉았다.

"나, 창대 학원 안 다니고 학교에서도 수업 안 듣고 딴짓하는 거 다 알고 있었어."

아직 흥분이 가시지 않은 말투였다.

"알고 있어도 당신한테 말 안 했어. 창대도 당신처럼 불행하게 살게 하고 싶지 않았거든. 제발 그 집착 좀 버려. 그건 당신한테도 창대한테도 독이야. 당신 가발 사업 시작하고, 인상 펴는 꼴을 못 봤어. 눈이 있음 좀 봐. 거울을 보라고. 얼마나 흉한지."

기복 씨는 들고 있던 리모컨을 홱 집어 던졌다. 리모컨은 정확하게 가훈 액자를 강타해 유리를 박살 냈다. 액자가 기우뚱해졌다. 기복 씨는 한숨을 푹 쉬며 밖으로 나갔다. 엄마가 울면서 따라 나가더니 기복 씨의 뒤통수를 향해 울부짖었다.

"당신 몸부터 챙겨. 부탁이야."

고미가 못 살아 못 살아, 중얼거리며 기복 씨 뒤를 밟았다.

집은 태풍이 지나간 듯 난장판이었고, 힘겹게 우울한 평화가 찾아왔다.

그날 밤, 나는 옷가지와 세면 도구, 그리고 드로잉북을 챙겨 대충 짐을 쌌다. 원장님이 준 대구 국제 미용 박람회 티켓도 챙겼다. 뜬눈으로 밤을 새우고 새벽에 몰래 집을 빠져나왔다. 자전거 타고 우유 배달하는 형, 손수레를 끌고 가는 할머니, 쓰레기를 치우는 환경미화원……. 흔한 새벽 풍경이었지만 어쩐지 오늘은 다르게 보였다. 나도 열심히 살아왔는데 아무도 몰라주는 것 같아 울컥했다. 목울대가 따끔거렸다.

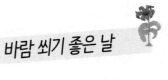

바람 쐬기 좋은 날

내 인생에 가출을 할 기회가 이렇게 느닷없이 찾아올 줄 몰랐다. 걷는 내내 똥 누고 뒤를 안 닦은 듯 찜찜하기만 했다. 막막했다. 그나마 생각나는 애들이 있어 다행이었다. 난 장미와 관중이에게 긴급 구원 요청을 했다.

"잠 좀 자자, 잠 좀 자. 지금 몇 신 줄 아냐?"

전화기 너머로 장미가 목이 잠긴 목소리로 말했다. 알고 있다. 새벽 5시.

"나, 집 나왔어."

"들어가."

"장난 아냐."

"끊어."

장미에게 거절당했다, 그것도 일언지하에. 며칠 전 국제 미용 박람회 이야기를 꺼냈을 때, 안 그래도 몸이 근질근질한데 잘됐다고 했던 게 누군데? 역시 배반의 장미. 비참하지만 아무도 몰래 다시 집에 들어갈까? 그때 다시 장미한테 전화가 왔다.

"어디?"

"됐어."

"까칠하긴, 짜식. 어제 누나가 엄마하고 또 한판 했더니 좀 피곤해."

"왜?"

"있어, 그런 게. 그건 그렇고 새벽부터 무슨 일?"

"가출했다고. 나, 미용 박람회 갈 거야, 대구로. 생각 있어?"

"오케이! 근데 딱 하루. 내일모레, 나 어디 가야 돼."

장미와 통화를 끝내자마자 관중이한테 전화를 걸었다.

"야, 코에 바람 넣으러 가자."

관중이는 그게 무슨 자다가 봉창 두드리는 소리냐며 핀잔을 놓더니 쌩하니 전화를 끊었다. 난 관중이를 꼼짝 못 하게 할 문자를 날렸다.

장미랑 둘이 오붓하게 다녀올게.

1초, 2초, 3초. 관중이한테서 전화가 왔다. 녀석은 잠이 확 달아난 목소리로 다급히 시간과 장소를 물었다. 포섭은 성공적으로 끝났다. 난 지하철을 타고 약속 장소로 출발했다.

집은 쫄딱 망했고, 장밋빛 꿈에 방해 공작이 들어오고, 그걸로도 모자라 폭력까지 쏟아지는데······. 이런 상황에서 가출을 감행하지 않고 견디는 애들이 몇 명이나 될까? 만약 있다면 그런 애들이 비정상이라고 본다. 가출은 집안의 평화를 도모하고 상처받은 영혼을 위로하는 차원에서 꼭 필요한 절차다. 나는 그렇게 내 인생 첫 가출에 부쳐 당위성과 대의명분을 부여했다.

서울역 대합실 매표소 근처에 앉아 드로잉북과 연필을 꺼냈다. 복잡한 생각에서 벗어나고 싶을 땐 헤어 스케치에 몰입하는 게 최고다. 얼굴 형태를 그리고 수평 수직 중심선을 잡은 뒤 눈, 코, 입의 위치를 표현했다. 헤어 스케치는 이제 습관이 되었다. 처음에 한 시간 남짓 걸렸던 게 이제 십 분으로도 충분하다. 남들이 영화를 보듯, 독서를 하듯, 운동을 하듯, 난 헤어 스케치를 한다.

작품 두 개를 완성해 갈 즈음, 여기저기 노숙자들이 부스스 깨어났다. 갈 길 잃은 사람들 같았다. 문득 로즈 헤어숍 라디오로 들었던 디제이의 말이 생각났다. 지구의 모든 육지 면적보다 넓다는 태평양. 새들이 그 망망대해를 횡단하려면 날갯짓만으로는 불가능하다고 했다. 힘찬 날갯짓이 필요할 때는 처음 날아오를 때와 비행의 방향을 바꿀 때라고 했다. 나머지는 바람의 도움을 받아 활공하거나, 그마저도 버거울 땐 배의 돛에 앉아 쉬면서 때를 기다린다고. 자기 안에 힘이 차오를 때까지, 원하는 방향으로 바람이 불어올 때까지.

새한테만 해당되는 얘기는 아닌 것 같다. 누구나 가쁜 숨을 고르며 날아오를 준비를 하는 시간이 필요하다. 나도, 저 길 잃은 사람들도 지금 그런 때를 보내고 있는 거다. 기죽을 필요도 우울해 할 필요도 없다. 그렇게 생각하니까 기분이 한결 나아졌다. 내 불끈 쥔 주먹 속 휴대폰에서 진동이 일었다. 장미였다. 김밥을 싸 오겠다는 문자였다. 난 장미가 좋아하는 순 두유와 관중이가 좋아하는 바나나 우유를 샀다.

아침 7시, 관중이가 뛰어왔다. 어쭈, 못 보던 옷차림인데 제법 세련돼 보인다.

"나 보러 온 건 아니라는 게 너무 티 난다."

"인생은 타이밍이야."

관중이가 잘난 척하며 음흉하게 웃었다. 난 관중이 배에 주먹을 날리듯 바나나 우유를 내밀었다.

우리는 열차 시간을 확인하면서 초조하게 장미를 기다렸다. 관중이는 출입구 쪽에 시선을 고정시킨 채 다리를 달달 떨었다.

출발 시간을 얼마 안 남기고 장미가 헐레벌떡 달려왔다.

"야, 얼마나 조마조마했다고."

"미안. 오다가 설사가 나서."

내 닦달에 장미가 너무 솔직하게 나왔다.

"지금은 괜찮아?"

관중이가 걱정이 가득한 얼굴로 물었다.

"어, 괜찮아. 고마워, 서관중."

"잠깐만."

관중이는 가까운 편의점으로 급히 뛰어갔다 오더니 장미에게 바나나를 건넸다.

"바나나는 위와 장에 부담을 주지 않는 음식이야. 펙틴 성분이 장 속의 트러블을 진정시켜 주고 배탈에도 효과가 좋대."

분명 휴대폰으로 검색해 봤을 게 뻔한데 장미는 감동을 받은 눈치였다. 관중이 녀석, 순진해 보이지만 여자 꼬시는 데 천부적인 재능이 있는 것 같다.

열차에 올라 자리에 앉자마자 장미가 김밥을 풀었다. 김밥천국 아줌마 솜씨가 분명한데 장미는 끝까지 오리발이었다.

김밥 하나 먹고 짐짓 감격적인 표정을 지어 보이자 장미가 선을 그었다.

"나한테 반하지 마. 너, 내 스타일 아냐."

"웬 오바? 나도 노 땡큐거덩."

"시치미 떼지 마. 방금 나한테 흑심 품었잖아."

"야, 나 눈 높아! 너는 꼭 얘 같애."

난 장미를 향해 옆구리 터진 김밥을 내밀었다.

관중이는 어울리지도 않는 아빠 미소를 지으며 우리를 물끄러미 바라보다가 주섬주섬 색종이를 꺼내 장미를 접기 시작했다. 이 자식, 완전 고단수잖아?

"이야, 이거 나 접는 거네? 내 이름 장미잖아. 예쁘다."

장미가 장미를 만지작거리며 감탄했다. 어쩜 장미도 관중이한테 호감이 있는지도 모르겠다. 아빠하고 사는 관중이와 엄마하고 사는 장미. 서로에게 부족한 부분을 채워 주는 친구가 되어도 좋겠다는 생각이 들었다. 둘이 사귀게 되면 왠지 나만 낙동강 오리알 신세가 될까 봐 두렵기도……. 이게 바로 질투? 에잇, 설마.

장미가 말했다.

"너, 나중에 이런 걸로 먹고살아도 되겠다."

과찬의 말씀에 관중이는 귀까지 벌게졌다.

"안 그래도 사업 구상 중이야. 나중에 돈 모아서 십자수나 퀼트 가게 하나 내고 싶어."

미리 준비한 듯한 작업용 멘트다. 완전 곰의 탈을 쓴 여우 같은 놈. 장미가 뭔가를 곰곰이 곱씹는 듯하더니 잔뜩 분위기를 잡고 읊조렸다.

"너의 장미꽃이 그토록 소중한 것은 그 꽃을 위해 네가 공들인 시간 때문이야."

"하지만 너는 그것을 잊으면 안 돼. 너는 네가 길들인 것에 대해 언제까지나 책임이 있는 거야."

얼씨구, 저것들이 이제 느끼한 말까지 주거니 받거니 하네.

"와우, 너 그거 알아? 내가 제일 좋아하는 말인데."

"생텍쥐페리의 《어린 왕자》? 달달 외울 정도지."

장미가 휘둥그레진 눈으로 묻자 관중이가 답했다. 녀석이 점점 무서워지려고 한다. 나는 왠지 괘씸한 생각이 들어 불쑥 끼어들었다.

"와, 치사한 놈. 사업 구상? 나한테는 그런 말 한마디도 안 해놓고선. 우리가 친구 맞냐, 새꺄!"

"그럼, 친구지. 그것도 베프. 우리 집에서 네가 라면 끓여 내라 징징대고 처묵처묵할 때만."

"너하고 나하고 같냐? 급이 다르잖아. 비교할 걸 비교해야지."

장미도 의기양양 어깨를 으쓱이며 말했다.

"이것들이 쌍으로 덤비네."

내 진담 같은 농담에 관중이 입은 귀에 걸렸다. 오늘따라 관중이 곱슬머리가 꽤 잘 어울렸다.

새마을호 열차가 꿈틀대며 기지개를 켜더니 서서히 출발했다. 안개가 자욱했다. 기차는 안개를 뚫고 거침없이 나아갔다. 정차했다가 터널을 지나다가 다른 열차한테 순서를 양보하기도 하면서 전진했다. 기차가 가는 길은 꼭 내가 지나온 길 같았다.

어떻게 왔건 여기까지 왔다. 갈등도 방황도 했고 고통도 있었지만 꿈이라는 열차의 궤도에서 탈선한 적은 없다고 자부한다. 앞으로 안개가 아닌 비바람이나 눈보라 혹은 태풍이 몰아닥쳐도 헤쳐 나갈 수 있다. 프로스트의 시처럼 남들이 가지 않은 길을 꿋꿋이 걸어갈 거다.

얼마 전에 원장님을 따라 양로원에 가서 미용 봉사 활동을 했다. 할머니 할아버지의 머리를 자르고 어깨까지 주물러 드렸는데, 할머니 한 분이 떠나는 나를 배웅하며 주머니에서 사탕 두 알을 꺼내 내밀었다. 더위에 녹아 봉지하고 딱 달라붙은 사탕. 할머니는 아껴 둔 사탕을 누구에게 들킬까 봐 몰래 내 손에 쥐여 주었다. 백발에 얼굴 가득 주름이 잡히고 검버섯이 핀 데다 이까지 빠졌지만, 그때 할머니의 미소 띤 얼굴은 참 아름다웠다. 사탕 맛도 달콤했다. 사람들을 행복하게 만들어 주고 싶다는 생각이 뭉게구름처럼 피어올랐다. 언젠가 원장님이 말했던 진정한 성공과 아름다움의 의미를 어렴풋이 알 것도 같았다. 유명해지고 돈 많이 버는 것보다 더 중요한 게 있을지 모른다. 그게 뭔지는 차근차근 알아 갈 계획이다.

"선도부 관뒀어."

터널 속에서 장미가 뜬금없이 훅 던지듯 말했다. 관중이는 꾸벅꾸벅 졸고 있었다.

"뭐라고? 선도부를 관뒀? 언제? 왜? 그런 말 없었잖아. 대박!

개복 씨가 뭐래?"

"하나씩 물어봐라. 방학하는 날, 그냥 체질에 안 맞는다고 했
어."

"그랬더니?"

"멘붕이지, 뭐. 처음엔 구슬리더라. 뭐, 불편한 거 있음 말하라
고. 졸업할 때 공로상도 추천할 거라고. 됐다고 했어. 그러니까
책임감이 어떻고 저떻고, 봉사 점수를 주네 마네……."

"그래서?"

"필요 없다 그랬어. 그리고 꾸벅 인사하고 나왔지, 뭐. 뒤에서
뭐라 뭐라 그러는데 그냥 나와 버렸어."

"역시 넌 내 형제야. 아, 통쾌해!"

나도 모르게 환호성을 질렀다. 그 바람에 잠에서 깬 승객들이
구시렁거렸다. 어쨌거나 장미의 용기와 결단력에 기립박수를 쳐
주고 싶었다.

"근데 좀 무책임하긴 하다. 그래서? 좋다고! 너무 인간적이잖
아."

"3월 한 달 하고 바로 후회했어. 그래도 내가 자원해서 시작한
거니까 끝까지 가 보려고 했는데, 개복 씨가 애들 대하는 거 지
켜보는 게 매번 너무 고통스럽더라. 애들이 나를 개복 씨의 충견
이라고 수군대는 것쯤이야 한 귀로 흘리면 되지만. 개복 씨 미소
가 영 부담스러웠어. 그거 가면이거든. 개복 씨한테 학생은 단속

의 대상일 뿐 인격체가 아니야."

장미한테 그런 속사정이 있었다니, 그러고도 전혀 내색하지 않았다니. 장미가 우러러보였다.

"오빠한테 말하지 그랬어?"

"그 생각을 못 했네?"

장미의 농담이 어른스러웠다. 어느새 나와는 달리 철이 한가득 든 것 같다. 장미가 고개를 창 쪽으로 돌렸다. 나는 장미의 상념을 방해하고 싶지 않았다.

졸다가, 창밖을 구경하다가, 식구들 생각을 하다가, 대구에 도착했다. 거짓말처럼 안개가 걷혔고 날씨는 화창했다. 가출한 게 아니라 여행 온 기분이었다.

택시를 타고 종합유통단지 내 엑스코로 들어갔다. 볼거리가 넘쳐나는 박람회는 인산인해를 이루고 있었다. 우리는 원장님 친구를 만나 융숭한 대접을 받은 뒤 눈을 희번덕이며 돌아다녔다. 나는 메이크업 쇼와 분장 쇼에 온통 마음을 빼앗겼다.

평소에 미용에 전혀 관심을 안 보이던 장미는 무료 화장 이벤트에 참가해 평소보다 백배나 괜찮은 미모를 자랑했는데, 관중이는 시종일관 미친놈처럼 입을 헤벌리고 있었다. 난 여자에 환장해서 우정도 의리도 내팽개친 배신자와 그 배신자가 짝사랑하는 장미를 위해 냉면을 쏘았다. 집 나오면 개고생이라더니, 웬걸! 신나기만 했다.

엄마와 고미한테서 차례로 전화가 왔다. 난 휴대폰 전원을 꾹 눌러 껐다.

"사춘기도 아니고 웬 가출?"

관중이가 화장실을 가고 없는 사이, 장미는 냉면 국물을 마시면서 물었다.

"뱁새가 황새의 심오한 뜻을 알겠냐?"

"많이 컸다, 조창대!"

장미가 주먹으로 나를 공격해 왔다. 나도 공격 자세를 갖추었다가 금방 시무룩해져서 그만두었다. 장미도 더 이상 나를 건드리진 않았다.

"참, 고미한테 전화 오면 절대 받지 마."

장미가 피식 웃으며 고개를 끄덕였다.

다시 박람회장으로 돌아와 헤어 트렌드 쇼를 구경했다. 하나라도 놓칠세라 눈을 부릅뜨고 있자니 장미가 한마디 했다.

"야, 눈에서 광선 나온다."

손에 땀을 쥐고 본 쇼가 마무리 단계에 들어설 때였다.

"사람을 이 꼴로 만들어 놓고 죄송하다면 다야!"

난데없이 터져 나온, 귀청을 찢는 듯한 호통 소리에 사람들의 시선이 일제히 한곳으로 쏠렸다. 소리가 나는 쪽으로 사람들이 우르르 몰려들었다. 불구경보다 재미있다는, 돈 주고도 못 본다는, 싸움 구경이라니.

축제의 장 한가운데서 일대 소란을 벌인 장본인은 헤어 트렌드 쇼에 참가한 모녀였다. 나이가 스무 살은 훌쩍 넘었을 법한 딸은 자신이 원했던 스타일이 아니라며 짜증을 있는 대로 부리다가 울음을 터뜨렸고, 그 엄마는 목에 핏대를 세우며 디자이너에게 항의하는 중이었다. 암, 어딜 가나 저런 진상 손님이 꼭 있기 마련이지.

헤어 디자이너는 연신 허리를 굽실거렸다. 갓 스물을 넘긴 듯 앳돼 보이는 그 남자는 용광로에라도 빠진 듯 얼굴이 벌겋게 익어 있었다. 땀은 또 어찌나 많이 흘리는지 이마에는 젖은 머리카락이 엉겨 붙어 있었다.

미래의 내 모습을 보는 것 같아 아찔했다. 저런 상황과 맞닥뜨리면 난 어떻게 해야 할까? 잘못한 것도 없는데 무조건 빌어야 할까? 무릎을 꿇어야 할까? 그럴 수는 없을 것 같다. 손님은 절대 권력을 가진 왕이 아니다. 손님이기 이전에 인간이고, 인간이면 최소한의 도리는 지켜야 한다고 생각한다. 근데 막가파 진상 모녀는 인간이길 포기한 것 같았다.

"원상 복구 안 시키면 당장 소비자 TV에 고발할 거니까 알아서 해."

진상 엄마는 삿대질까지 하면서 언성을 높였다. 갑질 제대로다. 꼭 내가 수모를 당하기라도 하는 것처럼 얼굴이 화끈거렸다. 지켜보고만 있던 다른 헤어 디자이너가 나섰다. 명찰에 실장 '라희'라고 적혀 있었다.

"고객님, 죄송한데 어떻게 이미 자른 머리를 원상 복구시키나요? 그런 기술 아시면 가르쳐 주세요. 소비자 TV요? 오늘 따님은 자발적으로 이 행사에 참가했고 무료 서비스 받으셨거든요. 유의 사항은 사전에 다 안내해 드렸습니다만. 다시 말씀드려요?"

라희 실장은 낭창한 목소리로 비교적 이성적으로 대응했다. 진상 엄마는 당황한 듯 말을 버벅거렸다.

"뭐, 이런 마, 말이 안 통하는 인간이 다 있어! 얘, 울지 말고 아빠 불러."

진상 딸은 마스카라가 번진 판다 눈을 껌벅이며 휴대폰을 꺼냈다. 그 희극적인 상황에 몇몇 사람들이 실소를 금치 못했다. 진상 딸은 휴대폰으로 누군가와 통화하며 자리를 벗어났다.

"너, 방금 뭐라고 했어?"

진상 엄마는 라희 실장의 팔을 신경질적으로 치며 말했다.

"아무 말도 안 했는데요?"

"방금 진상 어쩌고저쩌고하면서 주둥이 나불댔잖아. 거지 같은 게. 내가 누군 줄 알고."

"제가요? 그럴 리가요. 잘못 들으신 거 아니에요? 그리고 주둥이 나불? 거지 같은 게? 말씀이 너무 저급하시네요."

라희 실장이 팔짱을 낀 채 입술을 삐죽거렸다. 얼굴이 붉으락

푸르락하는 진상 엄마가 팔을 치켜들고 라희 실장의 뺨을 후려치려는 순간, 누군가가 그 팔을 낚아챘다. 헐, 장미였다.

"이건 또 뭐야?"

"지나가는 사람인데요."

"그럼 가던 길 가! 불어 터진 만두처럼 생겨 가지고는, 어딜 감히."

그 순간 난 어이없게도 웃음이 빵 터졌다. 관중이가 발로 내 발을 밟았다.

"아무리 그래도 폭력은 아니죠. 그리고 아줌마, 방금 한 말 그거 외모 비하에 인격 모독에 명예 훼손이거든요."

장미가 전혀 졸지 않고 박력 있게 말했다. 그만뒀다더니 여기서도 선도부장 행세다. 장미는 진상 엄마의 팔을 놓아주고 방금 전까지 자신이 찍은 휴대폰 동영상을 실행시켰다.

"어때요? 진상이죠? 이게 아줌마 모습이에요. 번호 찍어요. 보내 드릴 테니까. 두고두고 보면서 반성 좀 하세요. 저만 찍은 거 아니에요. 여기 있는 사람들, 다 찍었을걸요. 이쯤에서 조용히 물러나시죠?"

"어머, 어머! 기가 막혀. 새파랗게 어린 게 어디서? 부모가 애 가정교육을 어떻게 시킨 거야, 도대체."

"알아서 뭐 하시게요?"

"아니, 이게 정말⋯⋯."

그때 진상 엄마의 휴대폰에서 전화벨이 울렸다. 진상 엄마는 전화를 받더니 알았다고, 알았다고 말하며 다급하게 발걸음을 옮겼다. 그러고는 장미와 구경꾼들을 한 번 더 쏘아보며 훈계조로 얘기했다.

"운 좋은 줄 알아. 그리고 너희들, 인터넷에 동영상 올렸단 봐. 모조리 사이버 수사대에 고발할 거니까. 알겠어?"

에스컬레이터가 있는 쪽에서 진상 딸과 아빠로 예상되는 양복쟁이가 난감한 얼굴로 진상 엄마를 향해 손짓을 했다. 양복쟁이는 박람회가 시작될 때 테이프 커팅을 한 주최 측이었다.

상황 종료. 모두 장미를 향해 박수를 쳤다. 관중이와 나는 장미의 무모한 용기에 혀를 내둘렀다.

우린 다시 박람회장을 쏘다녔다. 그렇게 긴장되고 흥분되기는 처음이었다. 특히 헤어 스케치부터 시작해 트렌드 커트 마네킹, 네일 케어, 신부 메이크업까지 여러 부문으로 구성된 학생부 대회의 결전을 구경할 때는 침이 꼴딱꼴딱 넘어갔다. 나도 내년에 꼭 참가하고 싶을 정도로 가슴속에서 열정이 활활 타올랐다. 입김을 훅 불면 입에서 불이 뿜어져 나올 것 같았다.

저녁 무렵, 허기진 배를 안고 장미 이모네 아파트로 갔다.

"이야, 잘생긴 총각이 두 명씩이나! 이거 영광인데? 들어와."

독신주의자라고 하는 장미 이모는 장미와 달리 한미모 했다.

"안녕하세요."

관중이와 난 동시에 어눌하게 인사하고 아파트 안으로 들어서길 쭈뼛쭈뼛 망설였다.

"안 잡아먹을 테니까 어서 들어와."

장미 이모가 웃는 얼굴로 고갯짓을 해도 선뜻 걸음을 옮기지 못하자 장미가 다시 밖으로 나와 관중이와 내 등을 집 안으로 떠밀었다.

"이모, 오랜만."

"빨리도 인사한다, 기집애. 엄마하고 싸웠다며? 전화 받았다. 애 좀 그만 먹이고 엄마 말 좀 들어라."

"잔소리할 거면 나 갈래."

"성질머리하고는. 저녁은?"

"당근 못 먹었지. 뱃가죽이 등가죽에 붙었어."

장미가 휘청하더니 이모 품으로 쓰러졌다.

"알았어, 이 웬수야. 잠깐 기다리고 있어, 총각들. 장미랑 마트에 갔다 올게. 뭐, 먹고 싶은 거 있어?"

"삼겹살요."

난 배가 너무 고파 체면치레고 뭐고 없었다.

"그냥 주는 대로 처드세요."

장미가 면박을 주자 이모가 장미 이마를 쥐어박았다.

장미와 장미 이모가 집을 나선 뒤 관중이는 소파에 앉자마자 코를 드르렁 골았다. 난 베란다로 나가 바깥 풍경을 바라보다 휴대폰 전원을 켰다. 부재중 전화가 여러 통 와 있었다. 다시 전원을 눌러 끄려는데 진동이 울렸다. 집 전화번호였다. 받는다고 해도 마땅히 할 말이 없었다. 지금 나한테는 어떤 말도 귀에 들어오지 않을 거 같다. 고미 휴대폰으로 문자를 넣었다.

바람 쐬고 갈게.

그리고 전원을 꾹 눌러 껐다. 아닌 게 아니라 바람 쐬기 정말 좋은 날이었다. 일편단심 관중이는 그새 잠에서 깨어나 종이 장미 세 개를 만들어 식탁 위에 올려 두었다. 장미가 놓인 식탁에 모두 함께 둘러앉았다. 밥맛 떨어지는 집과 학교를 벗어나니 식욕이 동했다. 상추 위에 깻잎, 그 위에 노릇노릇 구워진 삼겹살을 참기름에 찍어 올리고, 마늘과 쌈장까지 곁들여 한입에. 음, 바로 이 맛이야!

오랜만에 포식하고 텔레비전을 보며 수다를 떨었다. 어려서는 한층 더 괴팍했다는 장미의 꼬꼬마 시절 비화를 듣고 자정이 넘어서야 잠자리에 들었다. 어젯밤부터 잠을 한숨도 못 잤는데 여전히 말똥말똥 잠이 오지 않았다.

새벽 1시경, 거실로 나가 보니 장미가 어둠 속에서 허공을 응시한 채 한숨을 뿜고 있었다.

"공포 영화 찍냐?"

문을 열고 베란다로 나서자 장미가 따라왔다. 짙은 안개가 잠들어 있는 도시를 포근히 감쌌다. 안개 속에 어슴푸레 빛나는 가로등 불빛. 그건 지상에 내려앉은 은하수였다. 달력 사진에 나올 법한 장관이었다.

"너, 기억나? 초등학교 3학년 때. 너랑 나랑 같은 반이었잖아. 지금 생각해 보면 이해가 안 되지만 그때 배장미 인기 최고였지. 여자애 남자애 막론하고 너 안 좋아하는 애 없었으니까. 내가 그 중에 있었게, 없었게?"

"고백하냐? 부담되게."

장미가 씩 미소를 지으며 대답을 피했다.

"좋아했어, 너. 동네에서 마주치면 가슴이 두근대서 너 주려고 저금통 털어 인형도 샀었다. 결국 못 주고 말았지만. 그때 너, 딴 애 좋아했으니까. 미국에서 살다가 온 애였어. 남자앤데 금발에 머리가 엄청 길었어. 잘나가는 아역 배우같이 생긴 놈이었지. 그때부터였나, 내가 머리에 집착하게 된 게? 난 네가 그 애의 머리카락에 반했다고 생각했으니까."

"그런 일이 있었어? 말하지 그랬어? 귀엽네, 울 창대. 그때 얼마나 가슴앓이를 했을까. 내가 너무 매력 덩어리여서 문제긴 문제야, 그치?"

장미가 장난기 가득한 표정으로 징그럽게 다가왔다. 나는 검지로 장미의 이마를 밀어냈다.

"지금은 아니올시다거든!"

"결론적으로 내가 네 꿈에 지대한 영향을 끼쳤다는 건 불변의 진실. 나중에 유명한 사람 되면 잘해라, 나한테."

"응."

나는 순순히 대답해 주었다.

"기억난다, 그때. 걔 이름이 아마 제임스? 그 애가 비 올 때 나 우산 씌워 줬어. 아니 우산을 나한테 주고 자기는 비 맞고 갔어. 그 젠틀함에 반한 것 같아. 걘 뭐 하고 살까? 갑자기 궁금하네."

"나도 그때부터 머리를 기르기 시작했지. 넌 날 거들떠보지도 않는 눈치였지만. 걔가 한 학기 있다가 다시 미국으로 갔을 때, 속이 다 후련하더라. 그때 넌 몇 날 며칠 우거지상이었지만."

"그것도 기억나. 너, 여자애처럼 머리 기르고 다닌 거. 학교 청소 아줌마는 네가 남자 화장실 가는 거 보고 막 혼냈잖아."

장미가 타임머신을 탄 듯 눈을 감고 미소를 지었다. 이 장면을 관중이가 본다면 질투심 작렬이겠지. 하지만 녀석은 지금 완전히 뻗어 누가 업어 가도 모를 만큼 태평하게 자고 있었다.

"참, 아까 무슨 생각으로 나선 거냐? 헤어 트렌드 쇼 진상 모녀."

"이 몸이 또 너와는 달리 불의를 보면 못 참는 성격이잖니?"

맞는 말이긴 한데 콧방귀가 절로 나왔다. 장미가 모기를 잡는지 손뼉을 치더니 말을 이었다.

"그런 진상들 엄마 미용실에도 꽤 있어. 엄마 생각도 나고 네 생각도 나고. 너도 나중에 그런 상황에 처하지 말란 법 없잖아. 그 생각 하니까 막 끓어오르더라고."

"설마. 너, 나 좋……"

"남자라는 족속은 이래서 문제야. 조금만 여지를 주면 자기 멋대로 착각한다니까."

장미가 팔꿈치로 내 허리를 쿡 찌르며 눈을 부라렸다.

"알았어, 불어 터진 만두."

나는 낄낄대며 웃다가 기어코 장미의 손바닥에 입술을 맞췄다.

그러고 나서 우리는 한참 동안 말이 없었다. 장미의 시간 여행을 방해하고 싶지 않아 먼저 자리에서 일어나려고 할 때, 장미가 입을 열었다.

"접때 우리 엄마가 하다 만, 그 기막힌 다음 이야기 궁금하지 않냐?"

저번에 로즈 헤어숍에서 원장님이 하다가 만 말? 장미가 쓴웃음을 지었다. 그 미소가 왠지 슬퍼 보여 난 다시 주저앉았다. 장미랑 나란히 도시의 은하수를 바라보았다.

"거지 같았어."

장미의 과격한 표현에 가슴이 철렁 내려앉았다.

"재작년 일이야. 미용실에서 짜장면 시켜 먹고 있는데 그 인간이 나타났어. 법적으론 이혼한 사이지……. 근데 그 인간 완전

정신병자야. 자기 인생 안 풀리는 걸 엄마 탓이라고 생각해. 잊을 만하면 찾아와서 행패 부리고 돈 뜯어 가. 그날도 술에 진탕 취해서는 이유 없이 의자를 넘어뜨리고 미용 도구를 집어 던지고 욕도 마구 지껄였어. 엄마는 나를 안고 벌벌 떨었고. 아직도 생생해. 끔찍해."

장미가 깊은 한숨을 토해 냈다. 장미의 가족사는 엄마와 고미가 즐겨 보는 막장 드라마 같았다.

"이모가 신고했어. 엄마도 모르게 증거 자료를 꽤 수집한 모양이더라고. 지금은 접근 금지 명령 위반으로 교도소에 가 있어. 죗값 받은 거야. 그런데 불편해. 그 인간 때문에 불편하다는 게 너무 자존심 상해."

장미의 어깨가 가늘게 떨렸다. 얼마나 마음이 아팠을까? 오늘따라 가냘프게만 보이는 저 어깨를 감싸 주고 싶다.

"아, 머리 아프다. 실은 요즘 나, 무지 복잡해."

오랫동안 닫혀 있던 비밀의 문이 삐거덕 열리는 느낌이 이럴까?

"언제부터인가…… 무조건 군대에 가고 싶었어. 군인 하면 강해 보이잖아. 엄마의 보호자가 되고 싶었어. 그 인간 나타나면 맞서 싸우고 싶었어. 지금은 잘 모르겠어. 군인이 내 체질에 맞는 것 같기도 하다가, 아닌 것 같기도 하다가. 맥이 딱 풀린 느낌이야. 실타래가 마구 엉켜 버렸어. 그래도 한 가지만은 변함없어. 똑바로 살아야 한다는 거. 그게 내가 그 작자를 응징하는 바람직한 방법이라고 생각해."

도심의 은하수가 반짝였다. 장미 눈에 고인 눈물이 반짝였다. 그동안 아픔을 가리려고 일부러 더 씩씩하게 보였던 거구나. 빈틈을 안 보였던 거구나. 나는 장미를 물끄러미 바라보았다.

"시험해 보려고, 너처럼."

장미가 휴대폰에 저장해 둔 사진을 보여 주었다.

여군 체험 캠프

1. 훈련 기간 : 2018년 8월 11일(토) ~ 8월 12일(일) 1박 2일
2. 훈련 장소 : 무주 제1훈련장
3. 집결 장소 및 시간 : 지하철 3호선 교대역, 09:00(시간 엄수)

이거였구나. 내가 가출에 동참해 줄 것을 요구했을 때 엄마하고 한판 했다더니. 내일모레 어디 갈 데가 있다더니.

사진을 확대해 보니 준비물, 프로그램 및 스케줄, 참가비, 안전 대책, 강제 퇴소 및 금지 사항, 기타 사항이 상세히 안내되어 있었다. 제발 나처럼 졸도해서 불명예 퇴소하는 일이 없도록. 나는 장미 주먹에 내 주먹을 툭 쳤다.

"굿 럭!"

"굿 럭!"

우린 가슴을 짓눌렀던 돌덩이 하나를 꺼내 저 밑으로 던져 버렸다. 그러고는 아무 말 없이 각자 방으로 들어갔다.

다음 날, 아침을 일찍 먹고 장미 이모 차로 드라이브를 했다. 팔공산 쪽으로 가 케이블카를 탔다. 가슴이 뻥 뚫리는 것 같았다. 점심으로 오리 불고기를 배불리 먹고 대구역으로 향했다.

"왜, 며칠 더 놀다 가지. 서운하다, 야."

"바빠, 겨울 방학 때."

"기집애, 작년에도 비슷한 말을 했지, 아마. 근데 일 년이 훨씬 넘은 거 알고 있어?"

"누가 온대? 이모가 오라고. 그건 그렇고 이모 많이 외로운가 봐. 좋은 남자 만나 시집이나 가시지."

"소개나 시켜 주고 그런 말을 해라, 이것아!"

대구역에 도착해 우린 손을 흔들며 헤어졌다. 짧은 만남이 아쉬웠지만 다음을 기약했다. 우린 장미 이모가 준 거금으로 기차표를 끊었다. 기차 안에서는 바로 곯아떨어졌다.

눈을 뜨니 서울역이었다. 광장으로 나오자 어제 그 북새통만큼이나 사람들이 바글바글했다. 또 무슨 촬영 현장인가 싶어서 두리번거리다 못 볼 꼴을 봤다.

감독으로 보이는 여자가 검지로 노숙자 분장을 한 배우의 이마를 툭툭 밀고 있었다. 뚱뚱한 체구에 오밀조밀한 얼굴, 어쩐지 낯익다 싶더니……. 헉, 고미! 한 번 발각되자 그 빈도는 점점 늘어났다. 근데 얼마나 대형 사고를 쳤길래 인간 대 인간으로 저런 모욕을 주는 건지. 고미는 계속 굽실거리기만 했다. 설마 저것도 배우의 몫이라고 생각하는 건가. 예술혼을 불사르다 보면 마땅히 겪게 되는 일이라고 생각하는 건가. 구경꾼들은 웃는데 나는 웃음이 나오질 않았다.

하지만 어쩐지 고미의 모습이 멋져 보였다. 왜 그동안 난 내 꿈만 대단하다고 생각했을까. 지하철을 타고 집으로 가는 내내 고미의 모습이 떠올랐다.

나는 아직 고미의 비밀을 손에 쥐고 있다. 그동안 비밀을 숨기느라 얼마나 전전긍긍했을까. 지금은 엑스트라로 뛰는 게 전부지만 언젠가 대한민국을 대표하는 초개성파 조연 배우로 거듭날지도 모를 일이다. 그것도 아니면 서당개 삼 년에 풍월을 읊는다고, 배우 대신 시나리오 작가가 돼서 제작사 측의 러브콜을 수없이 받을지도 모르지. 나도 그렇고, 장미도 그렇고, 고미도 그렇고, 관중이도 그렇고, 확실치 않으니까 그만큼 가능성이 더 있는 거다. 왠지 동지가 생긴 기분이다. 난 어깨를 쫙 폈다.

막상 집으로 가려니 머쓱해져서 근처 찜질방에 들어가 사우나를 했다. 땀을 빼면 근심 덩어리가 쑥 빠지는 느낌이 들곤 했는데 허탕이었다. 여기저기 빈둥대다가 특가 행사 중인 헬스장에서 이용권을 끊었다. 고미의 앞날에 축복이 있기를 바라는 처절한 바람을 담아…….

그러고도 집에 들어가지 못해 공원 아지트에 앉아 있을 때, 고독한 영혼의 보호자를 자처하는 장미한테서 문자가 왔다.

고 홈!
딴 데로 새지 말고!

네 걱정이나 하셔.
살아 돌아와라, 장군!

죽기 아니면 까무러치기!

애가 너무 살벌하다. 저 정도 각오면 퇴소식 때 표창장도 받을 것 같다. 어쨌거나 건투를 빈다. 때마침 짜기라도 한 듯 관중이한테서도 문자가 왔다.

라면 한 박스 사 놨다. 쫓겨나면 와, 언제든.

순간 관중이가 형처럼 느껴졌다. 가슴이 뭉클했다.

심호흡을 잔뜩 하고 맞아 죽을 각오를 다진 뒤, 집으로 향했다. 대문을 조용히 지나 현관문을 열었다. 아무런 인기척이 없었다. 어째 맥이 빠지고 불안했다. 차라리 실컷 얻어터지는 게 나을 것 같았다. 그때, 안방 문틈으로 활짝 열린 장롱 문, 방바닥을 뒹구는 옷가지들, 옷을 헤집다가 그 바람에 떨어진 것 같은 옷장 위 물건들이 보였다. 발칵 문을 열어젖혔다. 옷장 말고는 다 멀쩡한 걸 보면 도둑이 든 것 같진 않았다. 그럼 우리 가족 누구에게 무슨 급한 일이 생겼나?

나는 휴대폰을 충전시키면서 바닥을 나뒹구는 앨범을 펼쳐 보았다. 앨범엔 옛날 엄마 아빠 연애 시절 사진이 꽂혀 있었다. 우리 부모님한테도 이런 시절이 있었다는 당연한 사실이 새삼 신기했다. 이십여 년 전 사진 같은데, 엄마보다는 기복 씨 쪽에 눈길이 갔다. 선글라스를 끼고 머리에도 바짝 힘을 줘 한껏 멋을 부린 모습이 인상적이었다. 기복 씨의 헤어 스타일은 요즘 시대에도 전혀 꿀리지 않을 정도로 간지가 좔좔 흘렀다. 이건 정말이지 반전이다.

휴대폰 전원을 켰다. 부재중 전화가 수십 통 와 있었다. 고미한테 전화를 걸었다. 전화를 받자마자 고미가 대성통곡을 했다.

가위손의 재림

빛의 속도로 엄마가 근무하는 병원에 달려갔다. 간호복을 입은 엄마는 패닉 상태에 빠져 있었다. 고미는 소식을 듣고 곧장 왔는지 노숙자 분장을 한 채였다. 꼭 꿈을 꾸고 있는 것 같았다.

"아빠!"

난 그 자리에 주저앉아 기복 씨를 목 놓아 불렀다. 삼대 독자가 임종도 못 지켰다. 자꾸만 엇나가는 자식, 사업 실패, 아내의 반란, 자식의 가출……. 이런 것들이 똘똘 뭉쳐 기폭제가 되었을 거다. 난 이제 어쩌면 좋지?

"일어나."

고미가 냉정하게 말했다. 나는 그대로 있었다.

"아, 얼른!"

고미의 인내력은 정말 개미 똥구멍밖엔 안 된다.

"집에 가서 아빠 속옷 좀 챙겨 올게."

"속옷은 왜?"

고미가 한참 나를 째려보다가 대답도 없이 나가 버렸다.

그제야 제정신으로 돌아온 나는 기복 씨 곁으로 천천히 다가 갔다. 배가 올라갔다 내려갔다 하는 걸 보니 기복 씨는 분명 숨 을 쉬고 있었다. 나는 내 뺨을 세게 쳤다. 헛웃음이 나왔다.

기복 씨는 갑자기 뇌출혈로 쓰러져 입이 돌아갔고, 왼쪽 얼굴 과 왼쪽 팔, 왼쪽 다리에 마비 증세가 왔다고 한다. 지금은 진정 제를 맞고 수면을 취하고 있는 중이라고 했다.

기복 씨는 만 하루 내리 잠만 잤다. 이튿날 깨어났을 때도 아 무 말도 하지 않고 천장만 바라보거나 눈을 감고 있었다. 입이 돌아가 인상이 완전히 달라 보였다.

우리 세 식구는 돌아가며 기복 씨를 간호했다. 이틀이 지나고 사흘이 지나자 다들 얼굴이 푸석푸석하고 눈이 퀭해졌다. 엄마 는 끼니도 제때 챙겨 먹지 못했다. 고미는 이러다가 엄마까지 병 나겠다며 엄마를 강제로 집에 데리고 갔다. 고미가 있어 좀 든든 했다.

개학 후, 나와 고미는 병간호를 핑계로 결석을 밥 먹듯이 했 다. 집안일은 나 몰라라 하던 고미가 웬일로 청소하고 빨래하고 밥을 하기도 했다. 그 바람에 며칠 만에 얼굴이 반쪽이 되었으니 헬스 이용권은 무용지물이 될 가능성이 커 보였다.

낮에 병실을 지키는 건 주로 내 몫이었다. 병실에 기복 씨와 단둘이 남아 있을 때면 나는 찔리는 게 있었지만 참회의 눈물은 흘리지 않았다. 감동 대신 분노로 치유하는 충격 요법을 써 보면 어떨까?

'잘됐네. 이제 방해하는 사람도 없는데, 뭐. 내 맘대로 할 거야. 침묵시위 좀 그만하고 뭐라고 말 좀 해 봐. 그러게, 평소에 나한 테 신경 끄고 기복 씨 건강 관리나 잘하시지 그랬어? 난 기복 씨 가 원하는 길과 반대의 길을 갈 거야. 보란 듯이 성공해서 기복 씨 생각이 틀렸다는 걸 똑바로 보여 줄 거야. 억울하면 일어서. 한 대 때리고 싶으면 일어서라고. 누가 말려? 벌떡 일어나 야구 방망이라도 휘둘러 봐!'

하지만 차마 입 밖으로 내지는 못했다. 기복 씨는 표정 변화도 미동도 없었다. 나는 복도로 나와 깊은 한숨을 쉬었다.

태풍이 불어닥쳤다. 병실 안은 비바람 소리로 가득했다. 창문 이 덜컹덜컹 울었다. 그 소리에 내 흐느낌 소리는 묻혔다. 밤늦 게 엄마가 병실로 왔다. 얼핏 술 냄새가 나는 것 같았다.

"피곤할 텐데 집에 들어가 눈 좀 붙여."

"엄마랑 조금만 더 있다가."

엄마가 거친 손으로 내 볼을 쓰다듬었다. 발그스름하게 충혈된 엄마의 눈이 나한테서 기복 씨한테로 옮겨 갔다. 어느새 기복 씨는 잠이 든 모양이었다. 가볍게 코 고는 소리가 규칙적으로 들려왔다.

"아빠 너무 미워하지 마. 자나 깨나 네 걱정이었어."

엄마는 그렇게 말하고 한참 뜸을 들였다.

"아빠 젊을 때는 이발사 하고 싶어 했어."

눈이 번쩍 뜨였다.

"군대 있을 때 깎사로 유명했다더라. 상사들도 다 네 아빠한테 줄을 서서 깎았다나 봐. 제대하고…… 먹고는 살아야 하는데 할 줄 아는 게 그것밖에 없다고 본격적으로 배우고 싶어 했어. 몰랐지?"

엄마는 조심스럽게 한숨을 토해 냈다.

"우여곡절이 많았어. 이발소 영업하다가 불법 변태 영업소로 고발당해 벌금에 영업 정지까지 당했어. 결국 오해가 풀려 영업을 재개했지만 사람들 인식이 쉽게 변하니? 한 달도 못 돼 접었지. 그즈음 아버님이 위독하시다는 연락이 왔어. 부자의 연을 끊다시피 했는데…… 사실 아버님하고 아빠 사이 안 좋았거든. 아빠 아직도 어머님 일찍 돌아가신 걸 아버님과 작은어머님 탓이라고 생각해. 아버님 사업 절대 안 물려받겠다고 했는데, 얼마 뒤 아버님이 가발 공장을 맡기고 돌아가셨지. 그 일 시작하고 처음 몇 년 동안 스트레스 엄청 많이 받았어. 탈모가 점점 심해져서 가발까지 썼고. 그럭저럭 입에 풀칠하고 사는데, 경기가 워낙 불황이라…….”

엄마는 거기까지 말하고 또 한숨을 쉬었다. 눈물이 볼을 타고 주르륵 흘러내렸다.

“작년에 아빠 혈압 때문에 쓰러졌던 거 모르지? 너, 해병대 체험 캠프에 간 날……. 그러더니 올해는 공장 부도 막으려고 백방으로 알아보러 다니다가 결국 잘 안 돼서 이 지경까지 되었고. 네 아빠도 참 고단한 인생이다, 흑.”

엄마가 울음을 삼켰다. 기복 씨는 늘 아무 걱정 말고 그냥 공부만 열심히 하라고 했다. 난 걱정도 안 했고, 기복 씨가 원하는 공부도 안 했다.

“아빤 절대 말하지 말라고 신신당부했지만……. 사실…… 아빠 건강이 많이 안 좋았어. 당뇨에 고혈압에 최근엔 뇌경색 증세까지. 안정을 취하지 않으면 심각한 상태를 초래할 수도 있다는 거 알고 있을 텐데도 그놈의 성질머리 때문에. 너 가출한 날, 아빠 외박했다. 살면서 그런 일 한 번도 없었는데. 그때 엄마 결근까지 하면서 목이 빠져라 기다렸어. 근데 그 인간, 끝끝내 전화한 통 없더라고. 그다음 날 전화 왔더라. 기차 안이라고. 나, 환장하는 꼴 보고 싶냐고 바락 소리를 질렀어. 아빠가 히죽 웃더라. 아버님 산소에 다녀왔다나. 같이 소주 한잔했대. 난 말했지.

팔자 좋다고, 그래서 얻은 결론은 뭐냐고. 받아들이겠대. 누구도 아니고 자기를 위해서. 얼마 전엔 전업 주부로 거듭날 생각인지 요리책도 사더라. 레시피 보고 막 연구하고 그랬어. 요리가 생각보다 재밌나 봐. 그랬는데……."

불현듯 나 역시 기복 씨의 세월을 야금야금 갉아먹었다는 생각이 들었다. 가슴에 쌓은 모래성이 스르르 허물어지는 느낌. 폐허가 된 가슴으로 칼바람 한 줄기가 부는 듯했다. 왈칵 눈물이 쏟아졌다.

"눈물도 흔해 빠졌다."

엄마도 눈물을 흘리면서 내 눈물을 닦아 주었다.

"엄마, 나……, 그만……둘까?"

가슴이 심하게 벌떡거렸다. 물론 진심은 아니었다. '잘 생각했다. 그게 자식 된 도리지.' 이렇게 나올까 봐 조바심이 났다.

"무슨 소리. 엄마가 팍팍 밀어줄 건데. 세계적인 헤어 디자이너 되면 엄마 머리부터 손질해 줘야 돼. 힘내. 엄마는 아들 편이야. 네 이름이 보통 이름인 줄 아니?《구약성서》욥기 8장 7절에 '네 시작은 미약하였으나 네 나중은 심히 창대하리라.'에 나오는 그 '창대'야. 지금 좀 힘들어도 우리 창대, 나중은 아마 멋질 거다. 엄마가 보장해! 그리고 참, 아빠가 너한테 이 말 전하래."

목구멍에서 뜨거운 것이 올라왔다. 혹시 장롱 깊숙한 곳에 상자 하나 있으니 열어 보라는 게 아닐까? 그 안엔 황금으로 만든 가위와 백금으로 만든 빗이 들어 있고.

"엄마 속상하게 하면 쫓겨날 줄 알래."

기복 씨다웠다. 피식 웃음만 나올 뿐 하나도 겁나지 않았다.

"꿈 포기하는 건 엄마 속상하게 하는 거다. 명심해."

엄마가 웃다가 다시 훌쩍거렸다. 순간 기복 씨가 미소를 지었다고 느낀 건 착시였을까? 어리둥절해 있을 때, 병실 문이 스르륵 열렸다.

"혼자 있기 무서워서."

비에 흠뻑 젖은 고미가 들어왔다. 웬일로 샌드위치를 만들어 왔다. 우린 늦은 저녁을 먹으면서 서로 말이 없었다.

"오늘은 내가 있을게."

고미가 비장한 어조로 말했다.

엄마와 나는 기복 씨를 고미한테 맡기고 병실을 나섰다. 지하 주차장까지 걸어갔을 때 엄마가 걸음을 멈췄다.

"맞다, 아빠 빨랫감."

"가져올까?"

"그럴래? 침대 밑에 있어."

나는 다시 병실로 갔다. 문을 열려고 하는데 고미가 흐느끼는 소리가 들려왔다. 난 문고리를 잡은 채 숨을 죽였다.

"아빠, 미안. 나, 사실 아빠 몰래 계속 엑스트라 했어. 왜냐고? 그게 내 길이니까. 왜 세상은 다들 주연이 될 수 있는 것처럼 말하지? 그건 사실이 아니잖아. 아빠 딸 그런 말에 속는 멍청이 아니야. 대신 해병대 정신으로 진짜 열심히 해서 유명한 개성파 조연 배우로 살고 싶어. 그게 내가 내 인생의 주연으로 사는 길이야. 아빠 노후? 걱정 마. 든든한 장녀가 있잖아."

고미의 목소리가 살짝 떨리고 있었다. 어느 결에 내 가슴도 떨려 왔다.

"어떻게 거기서 딱 마주치냐? 꼬리가 길면 밟힌다더니 딱 그 짝이야. 그렇다고 그 자리에서 쓰러질 건 또 뭐야? 아빠 해병대 정신 잊었어? 이런 상황에 이런 말 하는 거 염치없고 이기적인 거 알지만, 나 꿈 포기하기 싫어. 아빠가 져 줘. 자식 이기는 부모 없다잖아."

듣자 듣자 하니 고해성사치고는 참 당당했다.

"대신에 나, 시간 날 때마다 아빠 운동 도울게. 아빠 나이 오십 대 초반이야. 제2의 인생 시작해야 하잖아. 참, 엄마한텐 비밀. 알아 봤자 골치만 아프지, 뭐. 때 되면 내가 다 말할 테니까."

얼씨구, 그 와중에 딜까지.

모든 상황이 그림으로 그려졌다. 아빠가 집으로 돌아오는 길에 서울역에서 고미를 목격한 거다. 노숙자 차림을 하고 감독한테 수모당하는 걸 봤을 수도 있다. 충격을 받은 기복 씨는 뒷목을 잡고 쓰러지고, 사람들이 우르르 모여들고, 고미가 아빠를 목격한 뒤, 바로 119로 병원에 온 거다.

"그리고 이건 오지랖일지 모르지만 창대……."

순간 나는 숨이 멎었다. 자기가 뭔데 내 인생을 이래라저래라 하는 건가!

"그냥 하고 싶은 거 하게 놔둬. 걔가 생각보다 철이 들었더라고. 미래에 대한 계획도 나름 구체적이고 근사해. 나도 하고 싶은 거 할 건데 창대 못 하게 하는 것도 말 안 되잖아. 양심에 찔린다는 말씀. 헤헤."

나는 당장 달려가 고미, 아니 누나를 와락 끌어안고 볼에 뽀뽀를 퍼부어 주고 싶은 걸 간신히 참았다.

"아빠! 걱정 마셔. 우리 집 내가 책임지고 있을게. 나, 우리 집 무게 중심이잖아. 그리고 내일부터 물리 치료 받고 운동 시작하자. 알았지? 아무 걱정 말고. 안 되면 되게 해."

"아아어 우이 여이……."

기복 씨가 돌아간 입으로 뭐라고 뭐라고 구시렁댔지만 한마디도 알아들을 수가 없었다. 근데 고미는 그 말을 다 알아듣는지 뭐라고 뭐라고 대꾸를 했다.

나는 발걸음을 돌렸다. 걸음이 점점 빨라졌다. 엄마가 병원 출입문 앞에 주차를 하고 기다리고 있었다.

"빨랫감은?"

"아, 맞다. 잠깐만."

"됐어. 그냥 가. 내일 가져오면 되지, 뭐."

차를 타고 지상으로 올라왔다. 차창으로 빗발이 꽂혔다. 와이퍼가 쉬지 않고 빗물을 닦아 냈다. 가로수가 바람에 춤을 추었다. 태풍이 한창인데 나는 오히려 마음이 편안해졌다. 잠이 마구 쏟아졌다.

기복 씨가 긴장하고 있다. 눈을 반짝이며 우리의 평가를 기다리는 중이다.

"달걀말이는 음…… 짜."

"갈치조림이 왜 이렇게 달아."

"찌개가 너무 심심해."

나, 고미, 엄마의 평가가 차례로 이어진다. 기복 씨는 고개를 갸웃대며 다시 간을 본다. 우린 도저히 더는 못 먹겠다며 자리를 털고 일어선다.

"톱 탤런트가 기다리고 있어서."

"영화 계약 때문에."

"갑자기 큰 수술이 잡혀서."

나, 고미, 엄마가 자리를 털고 일어선다.

"동작 그만!"

기복 씨가 소리치든 말든 우리는 밖으로 나간다.

나는 꿈을 이루었다. 유명 연예인들은 내가 운영하는 헤어숍에서 관리를 받고 싶어 줄을 섰다. 몇 달 전에 예약하지 않으면 차례가 돌아오지 않을 정도다.

고미는 살과의 전쟁을 포기하고 개성파 연기파 배우로 거듭났다. 며칠 전에는 베니스 영화제에서 직접 시나리오에 참여한 작품으로 여우조연상을 거머쥐어 각종 매스컴을 화려하게 장식했다. 헤어스타일도 주목받았는데 내 작품이었다.

그리고 엄마는 종합병원의 잘나가는 간호과장이 되었다.

쨍그랑! 설거지하던 기복 씨가 접시를 깨트린 모양이다. 창문으로 슬쩍 엿보니 앞치마까지 벗어 던지고……. 골이 잔뜩 난 게 분명하다. 냉장고에서 소주를 꺼내 잔을 채운다. 그때, 우리가 현관문을 활짝 열어젖힌다.

"서프라이즈!"

"아빠, 해피 벌스 데이!"

"여보, 생일 축하해."

오늘은 기복 씨 생일이다. 고미가 숨겨 두었던 케이크에 촛불을 켜고 들고 온다. 어리둥절해 있던 기복 씨 얼굴에 웃음꽃이 핀다.

생일 축하 파티가 끝나고 나는 기복 씨의 숱 적은 머리를 다듬는다. 연례행사다. 기복 씨의 머리털은 내 관리하에 몇 년 전보다 더 무성해졌다.

기복 씨가 흡족한 표정으로 웃는다. 느닷없이 내 눈에 눈물이 그렁그렁하다. 눈물이, 훤하게 벗겨진 기복 씨의 이마에 수직으로 낙하한다.

순간, 기복 씨의 머리칼이 수양버들 가지로 변한다. 수양버들의 치렁치렁한 머리칼이 바람에 나부낀다. 햇살이 따사롭고 화창한 날이다. 파란 하늘에 구름 몇 점이 둥둥 떠다닌다. 들판엔 자잘한 꽃들이 피어 있다. 엄마와 고미는 돗자리를 깔고 앉아 과일을 먹으며 수다를 떤다. 시냇물이 졸졸졸 흐르고 새들이 지저귄다.

나는 지그시 눈을 감는다. 에드워드가 내 몸속으로 빙의한 느낌. 영화 〈엑스맨〉의 울버린처럼 손목에서 착 가위가 솟아 나온다. 난 사다리를 타고 올라 가위손으로 수양버들의 머리를 쓱쓱 쳐 나간다. 머리칼 한 올 한 올에 심혈을 기울인다. 수양버들 머리칼이 눈송이처럼 날린다.

봄바람이 불면

한 해가 다 지나도록, 수업 시간에 흐리멍덩한 눈으로 있거나 엎드려 자는 아이들이 있다.

이제 흔한 풍경이다.

자던 아이가 깜짝 놀라 깨어나기도 한다.

아이들 웃음소리나 박수 소리 때문이다.

꿈을 꾸다 가위에 눌린 건지도 모른다.

"선생님이 너무 시끄러웠지? 주의할게. 더 자." 하며

농담을 건네지만 웃음을 터뜨리는 건 다른 아이들이다.

그 아이는 웃지도, 정신을 차리고 수업에 집중하지도 않는다.

다시 멍하게 있다가 꾸벅거리다가……,

책 베개에 한쪽 머리를 기댄다.

그 아이는 성적도 벌점도 징계도 겁나지 않을지 모른다.

드물지만 아이의 거침없는 행동이

교실을 난장판으로 만들기도 한다.

안타깝게도 교사가 개입해서 상황이 나빠지기도 한다.

교사와 아이들은 그 아이를 가급적 멀리하려 하고

그렇게 그 아이는 학교에서도 방치된다.

한 해, 두 해, 세 해……, 무기력은 그 아이의 삶을 좀먹는다.

그 자리에 멍이 들고 멍은 점점 자리를 넓혀 간다.

학기 초, 아이들과 상담할 때 장래 희망을 물어보면 어물쩍 넘어가는 경우가 꽤 많다.

심지어 하고 싶은 거나 되고 싶은 게 아예 없는 아이도 있다.

그 아이들에게 꿈은

거센 바람에 휩쓸려 가는 비닐봉지와 마찬가지다.

아이들이 꿈을 가지면 좋겠다.

언젠가 새싹처럼 뾰족 고개를 내밀었던 꿈을

시들게 내버려 두지 않으면 좋겠다.

그게 얼마나 가슴 뛰고 아름다운 일인지를 알면 좋겠다.

장애물이 있어도 소신을 굽히지 말고

한 걸음씩 나아가면 더할 나위 없이 좋겠다.

어쩌면 그게 멍을 없애는 특효약일지도 모른다.

이 이야기 속에 그런 아이들이 있다.

창대, 장미, 관중, 현미……

그리고 실제 학교에도 그런 아이들이 꽤 있다.

눈물겹도록 고맙다.

들 입, 봄 춘.

겨울과 봄이 섞이고 있다.

봄바람이 겨울을 밀어낸다.

이 책이 봄바람이 되길 바란다.

봄바람이 불면

가슴속에 심어 둔 새싹이 움찔움찔할지도…….

책이 나오기까지 많이 애써 주신 푸른숲주니어 식구들에게 깊이 감사드린다.

정 연 철